큰 바위 얼굴

큰 바위 얼굴 호손 단편선

THE GREAT STONE FACE

너새니얼 호손 글 | 이종인 옮김

큰 바위 얼굴

초판 5쇄 발행 2024년 8월 30일

글쓴이 | 너새니얼 호손
옮긴이 | 이종인
펴낸이 | 김사라
펴낸곳 | 해와나무
출판 등록 | 2004년 2월 14일 제312-2004-000006호
주소 | 서울특별시 영등포구 양산로23길 17 2층
전화 | (02)364-7675(내용), 362-7675(구입) | 팩스 (02)312-7675
ISBN | 978-89-6268-105-5   43840

- 값은 뒤표지에 있습니다.
- 책 내용의 일부 또는 전부를 인용하거나 발췌하려면 반드시 저작권자와 출판사 양측의 서면 동의를 구해야 합니다.

 은 **해와나무**의 청소년 도서 브랜드입니다.

제조자명 : 해와나무 제조국명 : 대한민국 제조년월 : 2024년 8월 30일 대상 연령 : 8세 이상
전화번호 : 02-362-7675 주소 : 서울특별시 영등포구 양산로23길 17 2층
*KC마크는 이 제품이 공통안전기준에 적합하였음을 의미합니다.
주의 : 책의 모서리에 다치지 않게 주의하세요.

차 례

목사의 검은 베일 … 7

결혼식장의 장례 종소리 … 37

큰 바위 얼굴 … 57

젊은 굿맨 브라운 … 95

반점 … 125

작품해설 … 163

연보 … 178

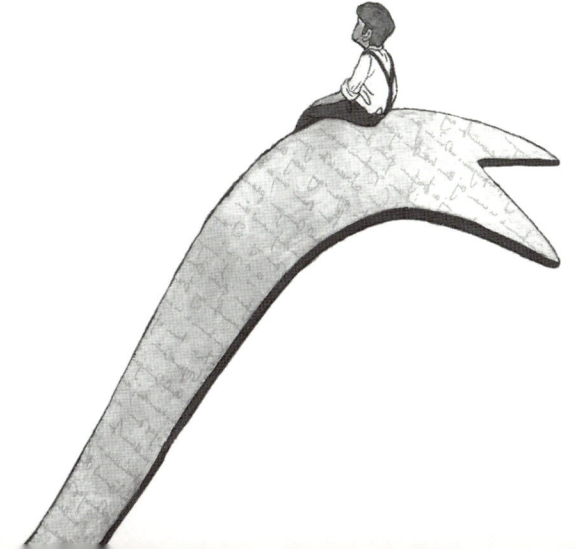

목사의 검은 베일

Nathaniel Hawthorne

하나의 우화

뉴잉글랜드의 메인 주 요크시의 목사인 조지프 무디 씨는 약 80년 전에 사망했는데, 이 소설에서 묘사된 후퍼 목사와 똑같은 기행으로 널리 알려졌다. 그러나 무디 목사의 경우에 이 상징은 다른 의미를 갖는다. 그는 젊은 시절 사랑하는 친구를 살해했다. 살인을 저지른 날부터 자신이 죽을 때까지 무디 목사는 사람들로부터 그의 얼굴을 감추었다.　　　　　　　　　　　　　　　　　　―호손의 노트

밀퍼드 교회의 교회지기는 현관 앞에 서서 종탑의 줄을 열심히 잡아당기느라 바빴다. 마을의 나이 든 사람들은 구부정한 자세로

거리를 따라 걸어왔다. 밝은 표정의 아이들은 부모 옆에서 명랑하게 깡충깡충 뛰거나, 아니면 그들이 입고 있는 일요일 옷의 위엄을 의식하면서 부모 옆에서 좀 더 의젓한 걸음걸이를 흉내 냈다. 말쑥한 청년들은 예쁜 처녀들을 곁눈질로 쳐다보면서, 안식일의 햇빛이 그 여자들을 평소보다 더 예쁘게 보이게 한다고 생각했다. 사람들이 교회 현관으로 밀려들어 오자, 교회지기는 후퍼 목사의 방문 쪽에다 시선을 고정시킨 채 종을 치기 시작했다. 목사가 문을 열고 고개를 살짝 내밀었고, 이는 이제 소집 종을 그만 치라는 신호였다.

"그런데 후퍼 목사님은 얼굴에 뭘 둘러치신 거지?"

교회지기는 놀라서 큰 목소리로 말했다.

그 소리를 들은 사람들은 모두 고개를 돌렸고, 후퍼 목사를 닮은 사람이 교회를 향하여 생각에 잠긴 걸음걸이로 걸어오는 것을 보았다. 그들은 하나같이 깜짝 놀라면서 의아한 표정을 지었다. 다른 괴상한 목사가 나타나 설교단의 쿠션 먼지를 턴다고 해도 이처럼 놀라지는 않았으리라.

"저 분이 확실히 우리 목사님인가요?"

굿맨 그레이가 교회지기에게 물었다.

"그럼요. 틀림없이 후퍼 목사님입니다."

교회지기가 대답했다.

"원래는 웨스트버리의 슈트 목사님과 바꾸어서 설교를 하게 되어 있었어요. 하지만 슈트 목사님이 어제 장례식 설교를 가야 한다며 못 오겠다는 전갈을 보내왔어요."

사람들이 그토록 놀라는 것이 어쩌면 사소하게 보일지도 모르겠다. 후퍼 씨는 서른 살 가량의 점잖은 사람이었으나 아직 총각이었다. 그는 목사답게 아주 단정한 옷차림이었다. 마치 사려 깊은 아내라도 있어서 그의 깃을 빳빳이 풀 먹이고 또 그의 일요일 옷에 일주일 동안 쌓인 먼지를 깨끗이 털어 준 것 같았다.

그의 외모에는 딱 하나 특이한 점이 있었다. 후퍼 목사는 검은 베일†을 쓰고 있었다. 그 베일은 이마에서 꽁꽁 묶여져 입술 바로 위까지 드리워졌고 그가 숨을 내쉬면 가볍게 흔들거렸다. 가까이 나가가서 살펴보면 베일은 두 겹의 크레이프(얇은 비단)로 된 것임을 알 수 있었다. 베일은 목사의 얼굴 대부분을 가렸고 오로지 입과 턱만 드러났다. 베일은 주위의 살아 있는 생물들과 무생물들을 어둡게 보이게 할 뿐 시야를 가리지는 않았다.

이 검은 얼굴 가리개를 쓴 채 후퍼 목사는 조용하면서도 느린 걸음으로 교회 앞쪽으로 걸어왔다. 평소 정신 산만한 사람들이 그러하듯이, 자세는 구부정했고 시선은 땅을 보고 있었으나, 아직도

✣ **베일**: 여자들이 얼굴을 가리거나 장식하기 위하여 쓰는 얇은 망사.

교회 계단에서 기다리는 신자들에게 자상하게 고개를 끄덕였다. 하지만 그들은 너무 놀랐기 때문에 목사의 수인사에 화답하지 못했다.

"후퍼 목사님의 얼굴이 저 크레이프 뒤에 없는 것 같은 느낌이 듭니다."

교회지기가 말했다.

"난 저 베일이 마음에 들지 않는데."

한 늙은 여자가 중얼거리면서 교회 안으로 종종걸음으로 들어갔다.

"그는 자신의 얼굴을 감춤으로써 아주 끔찍한 존재로 변했어."

"우리 목사님이 미쳐 버렸다!"

굿맨 그레이는 목사를 따라 교회로 들어서면서 말했다.

이 괴상한 현상에 대한 소문이 후퍼 목사보다 먼저 교회 안에 도착하여, 모든 신도석에 앉은 사람들을 동요하게 만들었다. 다들 고개를 비틀어 문 쪽을 응시했다. 어떤 사람들은 벌떡 일어서서 직접 문 쪽을 쳐다보았다. 어린 아이들 몇 명은 좌석 위로 올라갔다 다시 내려가면서 소리를 질러 댔다. 부인들의 가운이 살랑거리고 남자들이 발을 이리저리 옮겨 놓으면서 상당한 소음이 일었다. 이런 소음은 목사의 입장 때면 교회 안이 잠잠해지는 평소 상황과는 크게 대조가 되었다.

하지만 후퍼 목사는 신도들의 동요를 주목하지 않는 듯했다. 그는 거의 소리를 내지 않는 걸음으로 들어와 좌우의 신도들에게 가볍게 고개를 숙였다. 통행로 중앙의 안락의자를 차지하고 앉은 최고령 신자이자 머리가 허연 노인에게는 허리를 숙여 인사했다. 이 최고령 신자가 목사의 외모에서 이상한 점을 발견하기까지는 좀 시간이 걸렸다. 노인은 처음에는 장내의 소란을 잘 의식하지 못하다가 후퍼 목사가 계단을 올라가 설교단 앞에 서서 신자들을 정면으로 바라봤을 때에야 비로소 뭐가 문제인지 깨달았다.

목사는 검은 베일을 뒤로 젖히지 않았다. 이 신비한 상징은 단 한 번도 그의 얼굴에서 사라지지 않았다. 베일은 그가 찬송가를 부를 때 그의 고른 숨결에 따라 가볍게 흔들렸고, 목시와 그가 읽어 내려가는 성경의 거룩한 페이지 사이에 검은 그림자를 드리웠다. 또 그가 공중을 바라보며 기도를 올릴 때에는 목사의 뒤로 젖혀진 얼굴에 착 달라붙었다. 목사는 기도를 바치는 무서운 '존재'로부터 그 자신의 얼굴을 가리려는 것인가?

이 간단한 베일이 가져온 효과는 너무나 커서 심장이 약한 여성 두 명이 교회당 밖으로 나가야만 했다. 하지만 검은 베일이 신자들에게 무서운 것처럼, 창백한 얼굴의 신자들 역시 목사에게는 무서운 광경이었다.

후퍼 씨는 좋은 목사라는 명성이 있었으나 그리 열정적인 목사는 아니었다. 그는 말씀의 천둥보다는 부드럽고 설득력 높은 영향력으로 신자들을 하늘 쪽으로 이끌어 가는 목사였다. 그가 지금 하는 설교는 보통 때 해 오던 설교들과 똑같은 방식의 것이었다. 그러나 설교 그 자체에서 나오는 느낌이랄까, 신도들의 상상 속에서랄까, 그 설교에는 뭔가 다른 것이 있었다. 그 때문에 신자들이 목사의 입으로부터 지금껏 들어 왔던 그 어떤 설교보다 더 강력한 힘이 느껴졌다. 거기에는 평소보다 어두운 분위기, 후퍼 목사의 온유하면서도 어두운 기질이 배어 있었다.

설교의 주제는 비밀스러운 죄악이었다. 우리가 가장 가깝고 사랑하는 사람들에게도 감추고 싶은 슬픈 신비, 우리 자신의 생각으로부터도 기꺼이 제거해 버리고 싶은 신비, 전지전능한 분에게 언제나 들키고 만다는 그런 사실조차도 잊어버리고 싶은 그런 신비에 관한 것이었다.

목사의 설교 말씀에는 미묘한 힘이 스며들어 있었다. 가장 순진한 소녀부터 가장 단단한 심장을 가진 남자에 이르기까지, 모든 신자들은 이런 생각이 들었다. 저 무서운 베일을 쓴 목사가 우리에게 살금살금 다가와 우리가 애써 감추어 놓은 생각 혹은 행동의 사악함을 발견하는 게 아닐까?

많은 신자들이 두려워하며 깍지 낀 양손을 가슴에 올려놓았다. 후퍼 목사의 말씀에는 무서운 것도 폭력도 없었다. 그러나 그의 우울한 목소리가 울려 나올 때마다 신자들은 몸을 떨었다. 그 공포와 함께 요청하지 않은 슬픔이 몰려왔다. 신자들은 목사에게서 평소와는 다른 특성을 느끼면서, 한 줄기 바람이 불어와 그 베일을 걷어 올리기를 간절히 바랐다. 그러면 비록 형체, 동작, 목소리는 후퍼 목사로되 베일 뒤에는 전혀 다른 얼굴이 버티고 있을 거라고 생각했다.

예배가 끝나자 사람들은 볼썽사납게도 우왕좌왕하며 황급히 교회 밖으로 빠져나왔고, 그들의 마음속에 꼭 갇혀 있던 놀라움의 정서를 표출하려 했으며, 그 검은 베일을 보지 않는 순간부터 마음이 한결 가벼워지는 것을 느꼈다. 어떤 사람들은 서로 바싹 붙어 서서 자그마한 동그라미를 이루고서 그 안에다 대고 뭔가를 속삭였다. 어떤 사람은 말없이 명상에 잠긴 채 혼자 집으로 갔다. 어떤 사람은 커다란 목소리로 떠들면서 과장된 웃음으로 거룩한 안식일 분위기를 해쳤다. 소수의 현명한 사람들은 제법 아는 체 머리를 흔들면서 자신들이 그 신비를 파고들 수 있다는 시늉을 했다. 개중에 한두 사람은 여기에 신비는 없으며, 후퍼 목사가 한밤중까지 램프를 켜 놓고 공부를 하는 바람에 시력이 약해져서 눈가리개를 필요로 하는 것뿐이라고 주장했다.

잠시 후 후퍼 목사가 신자들의 뒤쪽으로 걸어 나왔다. 그는 베일 쓴 얼굴을 이 사람 저 사람에게 돌리면서 인사를 했다. 먼저 백발 노인들에게 존경의 표시를 했고, 자상하면서도 위엄 있는 중년 신사들에게는 그들의 친구 겸 정신적 지도자로서 목례를 했으며, 젊은이들에게는 위엄과 사랑이 어린 태도로 인사하고, 어린아이들에게는 머리를 쓰다듬으며 축복을 했다. 이것은 안식일마다 그가 해 온 습관적 행동이었다. 그의 인사에 이상하게 여기며 놀라는 표정이 대답으로 되돌아왔다. 그 누구도 전처럼 목사의 곁에서 함께 걸어가는 영광을 누리려 하지 않았다. 나이 든 대지주 손더스는 후퍼 목사를 그의 식탁에 초대하지 않았다. 목사는 부임해 온 이래 거의 매주 일요일마다 손더스 집의 식탁에서 그 음식을 축복하고 함께 식사를 했는데 이날은 예외였다. 그는 목사관으로 돌아갔고, 문을 막 닫으려는 순간 고개를 뒤로 돌려 쳐다보았고, 사람들이 모두 자신을 응시하고 있다는 것을 알았다. 검은 베일 밑에서 슬픈 미소가 희미하게 빛나더니 입가를 지나서 곧 사라졌다.

"참 이상한 일이야."

한 여자가 말했다.

"여자들이 보닛 모자 위에 쓰는 단순한 검은 베일이 후퍼 목사의 얼굴에서는 저런 끔찍한 물건이 되다니!"

"후퍼 목사의 정신이 단단히 잘못된 게 틀림없어."

마을의 의사인 그 여자의 남편이 말했다.

"그런데 정말 이상한 건 말이야. 이 괴상한 물건이 나같이 건전한 정신의 소유자에게도 영향을 미친다는 거야. 검은 베일은 목사의 얼굴을 가릴 뿐이지만 그의 몸 전체에 영향을 미쳐. 뭐랄까, 목사를 머리끝에서 발끝까지 유령처럼 보이게 해. 당신은 그렇게 느끼지 않았어?"

"나도 그렇게 느껴요. 너무 무서워요."

여자가 대답했다.

"난 절대로 목사와 단둘이 있지는 않을 거예요. 목사도 자기 혼자 있을 때 자기가 무섭지 않을까 생각되네요."

"사람들은 때때로 자기가 무섭지."

남편이 말했다.

오후 예배도 오전과 비슷한 현상이 벌어졌다. 오후 예배가 끝나자 한 젊은 여자의 장례를 알리는 조종이 울렸다. 친척들과 친지들이 상가 안에 모였고 이웃들은 그 집 문밖에 서서 고인의 좋은 성품을 얘기하고 있었는데, 검은 베일을 쓴 후퍼 목사가 나타나자 그런 얘기들이 딱 멈추었다.

검은 베일은 이제 상갓집에서는 그럴 듯한 상징이었다. 목사는 시신이 안치된 방 안으로 들어가 고인에게 마지막 작별 인사를 하기 위해 관 위에 허리를 숙였다. 그가 몸을 숙이자, 베일이 그의 얼굴에서 약간 떨어져 이마에 직각으로 걸렸다. 만약 죽은 처녀가 두 눈을 영원히 감지 않았더라면 목사의 맨얼굴을 곧장 올려다보았을 것이다. 후퍼 목사는 황급히 검은 베일을 잡아당겼는데, 죽은 처녀의 시선을 두려워했기 때문이었을까? 죽은 사람과 산 사람의 인터뷰를 지켜본 사람이라면 아무 주저함도 없이 증언했으리라. 목사의 얼굴이 드러나는 순간 시신이 약간 몸을 떠는 바람에 수의와 모슬린 모자가 약간 흔들렸으나 망자의 얼굴은 죽은 자의 평온함을 그대로 유지했다고. 하지만 이 놀라운 광경을 목격한 사람은 미신을 믿는 늙은 노파뿐이었다.

후퍼 목사는 관대(棺臺)✢를 떠나 계단 위쪽으로 올라가 장례식 기도를 올렸다. 그것은 부드러우면서도 가슴을 울리는 기도였다. 슬픔이 배어 있었으나 천상의 희망으로 가득 차서 죽은 처녀의 손가락이 뜯고 있는 천상 하프의 음악이 목사의 슬픈 목소리 속에서 희미하게 들리는 듯했다. 사람들은 몸을 떨었고 목사의 기도를 어둡게 이해했을 뿐이었다.

목사는 죽은 처녀가 늘 준비해 온 것처럼, 목사 자신은 물론이요 조문객들도 모두 그들의 얼굴에서 베일을 벗겨 낼 그 무서운 시간에 대비해야 한다고 기도했다.

상여꾼들이 무거운 걸음으로 상가 밖으로 나갔고 조문객들이 그 뒤를 따랐다. 거리는 온통 슬픔의 물결이었다. 죽은 처녀가 그들 앞

✢ **관대:** 무덤 안에 관을 얹어 놓던 평상이나 낮은 대.

에서 가고 검은 베일을 쓴 후퍼 목사가 그 뒤를 따랐다.

"왜 뒤를 돌아다보는 거야?"

장례 행렬 중의 한 사람이 그의 배우자에게 말했다.

"목사와 죽은 처녀의 영혼이 손잡고 걸어가는 느낌이 들어요."

그 여자가 말했다.

"나도 지금 그런 생각이 드는군."

남편이 말했다.

그날 밤, 밀퍼드 마을에서 가장 잘생긴 남녀가 결혼식을 올리기로 되어 있었다. 후퍼 씨는 우울한 사람으로 알려졌으나 이런 행사 때에는 차분한 쾌활함을 발휘하여 동정적인 미소를 자아냈는데, 그런 미소는 생기 넘치는 발랄한 웃음보다 더 유익한 것이었다. 이런 차분한 쾌활함은 그의 성격 중에서 가장 사랑받는 측면이었다. 결혼식에 모인 사람들은 초조하게 목사의 도착을 기다렸고, 낮 동안에 목사의 베일 때문에 온 마을에 퍼진 저 기이한 공포감은 이제 해소될 거라고 생각했다.

하지만 그것은 오해였다. 후퍼 씨가 도착했을 때 그들이 가장 먼저 주목한 것은 그 끔찍한 베일이었다. 그 베일은 상갓집에서는 원래 있던 우울함을 약간 더 우울하게 한 것에 지나지 않았지만, 이곳 결혼식장에서는 사악함 그 자체였다. 그 베일이 하객들에게 미친 영향은 아주 심각했다. 검은 크레이프 밑에서 거대한 먹구름이 몰려나와 결혼 촛대의 환한 불빛을 모두 어둡게 해 버렸다.

신혼부부는 목사 앞에 섰으나 신부의 차가운 손가락은 신랑의 떠는 손안에서 전율했다. 신부의 얼굴에는 죽음 같은 창백함이 어렸고, 그래서 하객들은 수군거렸다. 몇 시간 전에 땅속으로 들어간 처녀 귀신이 무덤에서 다시 나와 결혼을 하러 왔다는 것이었다. 이처럼 음울한 결혼식이 또 있다면, 아마도 결혼식장에서 장례 종소리를 울렸다는 저 유명한 결혼식을 들어야 하리라.

결혼식을 집전한 후, 후퍼 씨는 와인 잔을 입까지 들어 올리면서 신혼부부의 행복을 기원했다. 그는 차분한 쾌활함을 내보이며 그렇게 말했는데, 그건 벽난로의 따뜻한 불빛처럼 하객들의 얼굴을 밝게 해 줄 법한 쾌활함이었다. 그 순간 목사는 거울에 비친 자신의 얼굴을 흘낏 보았고, 거울 속의 검은 베일은 그의 정신을 공포 속으로 몰아넣었으며, 그런 분위기는 곧 좌중의 모든 사람들에게 전달되었다. 그는 몸을 부르르 떨었고 입술은 창백해졌다. 그는 맛도 보지 못한 와인을 카펫 위에 흘리더니 어둠 속으로 달려 나갔다. 왜 어둠이냐 하면 대지 또한 검은 베일을 쓰고 있었기 때문이다.

그다음 날 밀퍼드 마을의 온 주민들은 오로지 후퍼 목사의 검은 베일 얘기만 했다. 거리에서 친지들 사이의 만남과, 창문을 열어 놓고 나누는 부인들의 수다에서 그 베일과 그 뒤에 감추어진 신비가 열심히 논의되었다. 그것은 여관 주인이 투숙객에게 말해 주는 첫 번째 화제였다. 아이들은 학교에 가는 길에 그 베일에 대해서 조잘조잘 말했다. 흉내 잘 내는 어린 장난꾸러기는 낡은 손수건으로 자신의 얼굴을 가려 친구들을 크게 놀라게 했고, 급기야 그 아이 자신도 공포에 사로잡혀 자신이 저지른 장난으로 거의 얼이 빠질 뻔했다.

참으로 신기한 것은, 마을에는 호사가와 뻔뻔한 사람들이 많았는데 그 누구도 후퍼 목사에게 대놓고 왜 그런 흉측한 베일을 쓰고 다니냐고 물어보지 않았다는 것이다. 지금까지 이런 간섭이 필요한 경우, 목사에게 조언하는 사람들도 있었고, 또 목사 자신도 그들의 판단을 따르는 데 별로 거부감을 보이지 않았다. 그가 어떤 잘못을 저지르면 자신에게 엄격한 그의 성격이 고통스러울 정도로 발휘되어, 사소한 행동도 범죄인 양 생각하며 고치려 했던 것이다. 목사의 이런 사랑스러운 성격적 약점을 잘 알고 있었지만, 신자들 중에 그 누구도 검은 베일을 은근한 항의의 대상으로 삼으려 들지 않았다. 거기에는 노골적으로 고백하지도 않지만 조심스럽게 감추지도 않는 공포의 느낌이 있었다.

이런 심리 때문에 사람들은 서로 책임을 떠넘기다가 마침내 교회 대표단을 보내는 게 편리하겠다고 판단했다. 질문 대표단을 후퍼 씨에게 보내 검은 베일의 신비를 파헤침으로써 마을의 스캔들이 되는 것을 미리 막자는 속셈이었다. 하지만 자신의 임무를 그토록 엉성하게 수행한 대표단도 없으리라.

목사는 공손하고 예절 바르게 그들을 맞이했지만 그들이 좌석에 앉은 후에는 입을 다물면서 그 중대한 문제를 거론하는 부담을 방문객들에게 미루었다. 누구나 상상하겠지만 회담 주제는 너무나 분명한 것이었다. 검은 베일이 후퍼 씨의 이마에 둘러쳐져 입술 바로 위까지 가리고 있고, 그의 평온한 입에는 가끔 우울한 미소가 어리면서 희미하게 빛났다. 하지만 그 검은 크레이프는 목사와 그들 사이의 무서운 비밀을 상징이라도 하듯이, 목사의 가슴까지 드리워져 있는 것처럼 보였다. 그 베일을 옆으로 제친다면 대표단도 그것에 대해 자유롭게 말할 수 있을 것이나 그 전에는 입도 벙끗하기 어려웠다. 이런 식으로 그들은 아무 말도 하지 못하고 당황하면서 시간만 죽이며 앉아 있었다. 그들은 보이지 않는 시선처럼 그들에게 고정된 후퍼 씨의 시선을 불안하게 피하느라고 바빴다. 마침내 대표단은 수줍어하며 자리에서 일어나 교구 신자들에게 돌아와, 이 문제는 너무나 중대하여 교회 협의회나 더 나아가 종교 회의 같은 데서 다루어야 마땅하다고 보고했다.

하지만 마을에는 그 검은 베일의 공포에 전혀 겁먹지 않는 한 여성이 있었다. 대표단이 변변한 해명 요구도 해 보지 못하고 빈손으로 돌아오자, 그녀는 원래 성격대로 차분한 카리스마를 발휘하면서 그 기이한 먹구름을 단숨에 쫓아 버려야겠다고 결심했다. 그 먹구름은 후퍼 씨를 둘러싸고 시시각각 더욱 어두워지고 있었다.

그녀는 목사의 약혼녀로, 장차 그의 아내가 될 사람으로서 검은 베일이 무엇을 감추고 있는지 알아내는 것은 자신의 특권이라고 생각했다. 그녀는 목사에게 그 문제를 단도직입적으로 물었고, 그리하여 그 일을 목사나 그녀에게 한결 수월하게 만들었다.

그가 자리에 앉자 그녀는 베일을 뚫어져라 쳐다보았으나 많은 사람들에게 겁을 주었던 끔찍한 어둠은 전혀 발견할 수 없었다. 그것은 두 겹으로 된 비단 천으로, 이마에서 입술 바로 윗부분까지 내려와 있었고, 그가 숨을 쉴 때마다 약간씩 흔들렸다.

"아니에요."

그녀가 미소를 지으며 큰 소리로 말했다.

"이 비단 천에 끔찍한 것이라고는 없어요. 단지 내가 늘 기쁜 마음으로 쳐다보던 그 얼굴을 감추고 있을 뿐이에요. 자, 선량한 목사님, 구름 뒤에 햇빛을 들이도록 하세요. 먼저 그 검은 베일을 벗으세요. 그리고 왜 그걸 쓰는지 제게 말해 주세요."

후퍼 씨의 미소가 희미하게 빛났다.

"우리 모두가 베일을 벗어 던져야 할 날이 올 거예요."

그가 말했다.

"내 말을 똑바로 들어 두세요, 사랑하는 친구여. 나는 이 베일을 그때까지 쓰고 있을 겁니다."

"당신의 말은 신기하군요."

젊은 처녀가 말했다.

"우선 그 말씀의 베일이라도 벗어 보세요."

"엘리자베스, 내가 할 수 있는 한 해 보겠소."

그가 말했다.

"나의 목사 서약이 허용하는 한도 내에서 말이오. 이 베일은 하나의 표시이며 상징이오. 나는 이걸 늘 써야 할 의무가 있어요. 빛 속에서나 어둠 속에서나, 고독 속에서나 대중들의 시선 속에서나, 낯선 사람들과 있든 또는 다정한 친구들과 함께 있든. 죽어야 할 운명을 지닌 인간의 눈으로는 이 베일을 벗은 얼굴을 보지 못할 거요. 이 음울한 얼굴 가리개는 나를 이 세상으로부터 갈라놓아요. 심지어 엘리자베스 당신도 베일 뒤를 보지 못해요!"

"대체 무슨 중대한 질병이 생긴 건가요?"

그녀가 간절한 목소리로 물었다.

"당신의 눈을 그처럼 영원히 가려야 한다니 말이에요."

"이것이 죽음을 의미하는 표시라면."

후퍼 씨가 대답했다.

"나 또한 다른 죽어 없어질 인간들과 마찬가지로, 검은 베일로 표시될 어두운 슬픔을 많이 가지고 있어요."

"만약 세상 사람들이 그걸 순수한 슬픔의 표시라고 믿어 주지 않는다면요?"

엘리자베스가 물었다.

"당신은 비록 사랑받고 존경받는 목사지만, 어떤 은밀한 죄악 때문에 얼굴을 가린다고 사람들은 수군댈 거예요. 당신의 거룩한 목사직을 위해서라도 이런 구설수를 피하도록 하세요!"

마을에 이미 널리 퍼진 소문들을 암시하면서 그녀의 뺨에는 홍조가 떠올랐다. 하지만 후퍼 씨는 침착한 태도를 잃지 않았다. 그는 심지어 미소 짓기까지 했다. 예의 그 슬픈 미소였고, 언제나 베일 뒤의 어둠 속에서 흘러나오는 희미한 빛이었다.

"만약 슬픔 때문에 내가 얼굴을 가린다면 그건 충분한 이유가 되는 거지요."

그가 담담하게 대답했다.

"은밀한 죄악 때문에 가리는 거라면, 어떤 인간인들 나처럼 하지 않겠어요?"

이런 온유하면서도 꺾을 수 없는 고집을 부리면서 그는 엘리자베스의 간청을 물리쳤다. 마침내 그녀는 아무 말도 하지 않고 앉아 있었다. 그녀는 잠시 생각에 잠긴 표정이었고 어떤 새로운 방법을 써서 애인을 그처럼 검은 판타지로부터 철수시킬 수 있을까 궁리했다. 만약 그 판타지에 다른 의미가 없다면 정신병의 징조일지도 몰랐다. 그녀는 목사보다 더 굳건한 성격의 소유자였으나, 감정을 이기지 못해 눈물이 뺨을 타고 흘러내렸다.

하지만 그 순간 슬픔을 몰아내고 새로운 느낌이 그녀의 가슴속에 자리 잡았다. 그녀의 두 눈이 무의식적으로 검은 베일에 고정되는 순간, 서쪽 하늘에 갑작스럽게 퍼지는 황혼처럼, 해 질 녘의 공포가 그녀 주위에 내려앉았다. 그녀는 자리에서 일어섰고 목사 앞에 선 채 몸을 떨었다.

"당신도 마침내 그것을 느꼈군요?"

그가 슬프게 말했다.

그녀는 아무 대답도 하지 않고 손으로 두 눈을 가리면서 몸을 돌려 방 밖으로 나가려 했다. 그는 앞으로 달려 나와 그녀의 팔을 잡았다.

"엘리자베스, 제발 나를 참아 줘요."

그가 열정적으로 소리쳤다.

"나를 버리지 말아요. 이 베일은 이곳 지상에서만 우리 사이에 존재할 뿐이에요. 나의 아내가 되어 주어요. 지상을 떠나면 내 얼굴에는 베일이 드리워지지 않을 것이고, 우리의 영혼 사이에는 어둠이 없을 거예요. 이것은 죽어 없어질 존재의 베일이고 영원의 베일은 아니에요! 아, 당신은 내가 얼마나 외로운지 몰라요. 이 검은 베일을 쓴 나를 혼자서 대면한다는 것이 얼마나 겁나는지 모를 거예요. 이 비참한 어둠 속에 나를 영원히 버려두지 말아요!"

"그럼 그 베일을 딱 한 번만이라도 걷어 올리고 내 얼굴을 정면으로 쳐다보아요."

그녀가 말했다.

"결코 그럴 수 없어요! 절대로 안 돼요!"

후퍼 씨가 대답했다.

"그렇다면, 안녕!"

엘리자베스가 말했다.

그녀는 자신의 팔을 잡은 그의 손을 뿌리쳤고 천천히 물러났다. 그녀는 문 앞에서 잠시 멈춰 서서 몸을 떨며 검은 베일을 오래 응시했는데, 그 시선은 베일의 신비를 거의 꿰뚫는 듯했다. 그러나 후퍼 씨는 슬픔 속에서도 미소를 지으며 이렇게 생각했다. 단지 물질적인 표시가 나를 행복으로부터 떼어 놓고 있을 뿐이야. 베일이 그림자처럼 내뿜는 공포가 가장 사랑하는 애인들 사이에서 어둡게 드리워져 있기는 하지만.

그때 이후 누구도 후퍼 씨의 검은 베일을 제거하려고 시도하지 않았다. 또 그에게 직접 베일이 감추는 신비가 무엇이냐고 물어보려 하지 않았다. 자신에게 일반 대중들의 편견이 없다고 생각하는 사람들은 그것을 괴상한 변덕 정도로 여겼다. 평소에는 합리적이어서 온건한 행동을 하는 사람들이 갑자기 보여 주는 변덕스러운 행동, 혹은 정신 이상의 외양이 가미된 듯한 괴이한 행동 정도로 생각했다.
 그러나 일반 대중에게 후퍼 씨는 정말로 무서운 대상이 되었다. 그는 평온한 마음으로 거리를 걸어갈 수가 없었다. 온순하고 수줍은 사람들도 그를 피하기 위해 몸을 돌린다는 것과, 사람들이 길에서 목사와 마주치는 것을 불길한 일로 여긴다는 것을 잘 알았기 때문이다. 불길하다고 생각하는 사람들 때문에 목사는 해 떨어질 때면 공동묘지로 나가는 평소의 산책도 그만두어야 했다. 그가 묘지 문에 기대어 깊은 명상에 잠겨 있으면, 비석들 뒤에는 그의 검은 베일을 훔쳐보는 얼굴들이 반드시 있었다. 마을에는 죽은 사람들의 눈빛이 그를 묘지로 끌어당긴다는 소문이 나돌았다.
 어린아이들은 즐겁게 놀다가도 멀리서 목사가 보이면 놀이를 중단하고 그로부터 도망쳤다. 그런 광경은 그의 부드러운 마음을 한없이 슬프게 했다. 아이들의 본능적 공포는 그 무엇보다도 그를 확신하게 만들었다. 검은 베일의 올올에 초자연적인 두려움이 촘촘히 짜여져 있다고 말이다.
 사실 그도 검은 베일을 무척 싫어하는 것으로 알려졌다. 그는 단 한 번도 자발적으로 거울 앞에 선 적이 없었고, 고요한 샘물에서 입을 대고 물을 마시려 하지 않았다. 샘물의 평화로운 가슴에 비춰진 자신의 모습을 보고 겁먹을 것을 두려워했기 때문이다. 그 결과 사람들 사이에 이런 숙덕거림이 그럴 듯하게 퍼져 나갔다.

후퍼 씨의 양심은 어떤 엄청난 범죄 때문에 심한 고통을 받고 있다. 그 범죄는 너무 끔찍하여 온전하게 감출 수 없는 것이거나, 아니면 그런 식으로 애매모호하게 암시할 수밖에 없는 것이다. 이렇게 하여 검은 베일 밑에서 먹구름이 생겨 나와 햇빛 속으로 흘러드는데, 그 죄악 혹은 슬픔의 정체 모를 어떤 것이 불쌍한 목사를 둘러싸는 바람에 사랑과 동정은 결코 그에게 도달하지 못한다. 이런 숙덕거림 이외에 유령과 마귀가 베일 뒤에서 그와 함께 동거한다는 얘기도 나돌았다.

안으로는 몸을 떨고 겉으로는 공포를 불러일으키면서 그는 베일의 그림자 속에서 계속 걸어갔다. 그는 자신의 영혼 속을 어둡게 탐색하기도 하고 온 세상을 슬프게 하는 그 매개를 통하여 밖을 내다보기도 했다. 부법자인 바람도 그의 끔찍한 비밀을 존중하여 그 베일을 들어 젖히는 일이 없었다. 그렇지만 선량한 후퍼 씨는 세속적인 사람들을 스쳐 지나가면서 그들의 겁먹은 얼굴에 슬픈 미소를 지었다.

이 모든 나쁜 영향력에도 불구하고, 검은 베일은 한 가지 바람직한 효과를 갖고 있었는데, 그 베일의 소유자를 유능한 목사로 만들어 주었다는 것이다. 그 신비한 상징의 도움으로―다른 분명한 원인은 찾아 보기 어려우므로―그는 죄악으로 고뇌하는 사람들의 영혼에 강력한 힘을 발휘하게 되었다. 그의 개종자들은 언제나 그들

특유의 두려움 속에서 목사를 쳐다보았다. 물론 비유적으로 하는 말이지만, 목사가 그들을 천상의 빛으로 인도하기 전에, 그들 또한 목사처럼 검은 베일 뒤에 있었다고 힘주어 말했다.

베일의 음울함 덕분에 목사는 모든 음울한 정서에 공감할 수 있었다. 죽어 가는 죄진 자들은 후퍼 씨를 소리 높여 찾았고, 그가 나타날 때까지 마지막 숨을 놓지 않으려 했다. 그렇지만 그가 위로의 말을 속삭이기 위하여 허리를 숙이면 그들은 베일을 두른 얼굴이 가까이 다가오는 것을 보고서 몸을 부르르 떨었다. 검은 베일의 공포는 이처럼 강력했고, 죽음이 그 맨얼굴을 드러낼 때에도 여전히 강력했다. 다른 지역 사람들도 먼 길을 여행하여 그의 교회 예배에 참석했다. 그들에게는 목사의 얼굴을 쳐다보는 것조차 금지되었으므로, 단지 멀리서라도 그를 한번 보려고 먼 길을 마다하지 않았다.

하지만 얼마나 많은 사람들이 되돌아가면서 몸을 부르르 떨었던가! 벨처 주지사의 재임 시절에 후퍼 씨는 선거 설교를 하도록 임명되었다. 검은 베일을 두른 채 그는 주지사, 주장관, 주의원 들 앞에서 아주 감동적인 설교를 했다. 그리하여 그해의 주의회 법안들은 식민지 정착 초창기에 우리 조상들이 보여 주었던 그런 엄숙함과 경건함을 갖추게 되었다.

이런 식으로 후퍼 씨는 긴 세월을 보냈다. 겉으로 드러난 행동은 흠잡을 데가 없었지만 내면적으로는 음울한 의심에 휩싸여 있었다. 친절하고 남들을 사랑했지만 남들의 사랑은 받지 못하고 막연한 두려움의 대상이 되었다. 사람들의 건강과 즐거움을 공유하지 못하고 사람들로부터 떨어져 살았으나, 죽음의 고통을 당하는 자들에게 위로를 내려 달라는 부탁과 소환을 받았다.

세월이 흘러 검은 베일 위의 검은 머리가 하얀 머리가 되자, 그는 뉴잉글랜드의 많은 교회들 사이에서 명성을 얻었고, 후퍼 교부라고 불리었다. 그가 목사로 부임해 왔을 때 나이 많았던 신자들은 이제 장례식을 거쳐 세상을 떠났다. 그는 교회 건물 내에 살아 있는 신자들도 많이 거느렸지만 교회 뒷마당✢에는 그보다 더 많은 작고한 신자들을 거느렸다. 오랜 세월 동안 저녁 늦게까지 일을 했고, 또 일을 아주 잘했으므로 선량한 후퍼 교부는 이제 돌아가 쉴 때가 되었다.

늙은 목사가 임종을 맞이한 방 안에는 갓을 씌운 촛불 아래 여러 명의 목사들이 보였다. 그에게는 피를 나눈 친척들이 아무도 없었다. 그곳에는 진지한 표정이지만 별로 동요하지 않는 의사가 있었는데 자신이 고쳐 주지 못하는 환자의 마지막 고통을 덜어 주려고 애쓰고 있었다. 교회의 집사들과 다른 이름 높은 권사들도 있었다. 젊고 열성적인 웨스트버리의 클라크 목사도 있었다. 그는 숨이 넘

✢ 마을의 공동묘지.

어 가는 늙은 목사의 임종을 지켜보며 기도를 올리려고 황급히 말을 타고 달려왔다. 간호사도 있었는데, 그녀는 돈을 주고 고용한 죽음의 시녀가 아니었다. 그녀는 비밀스러움과 고독, 노령의 한기를 차분한 애정 속에서 오랫동안 참아 왔으며, 그 애정은 이 죽음의 순간 앞에도 사라지지 않았다. 그녀는 엘리자베스였다.

선량한 후퍼 교부가 죽음의 베개 위에 하얀 머리를 내려놓고 누워 있었다. 검은 베일은 그의 이마를 단단히 묶은 채 입술까지 내려와 있었고, 그가 힘들게 숨을 내쉴 때마다 가볍게 흔들거렸다. 평생 동안 그 비단 천은 목사와 세상 사이에 드리워져 있었다. 그것은 목사를 쾌활한 형제들의 모임과 여인의 사랑으로부터 떼어 놓았고, 그를 가장 슬픈 감옥, 즉 그 자신의 가슴속에 가두어 놓았다. 베일은 여전히 그 얼굴을 감추었고, 어두운 방의 암울함을 더욱 어둡게 하면서, 그를 영원의 햇빛으로부터 떼어 놓았다.

조금 전까지만 해도 그의 정신은 혼미해져서 과거와 현재를 의심스럽게 오락가락했고 간헐적으로 두서없이 저승 세계로 나아가기도 했다. 몸에서 고열이 날 때에는 몸을 좌우로 뒤척이면서 남아 있는 작은 힘을 다 소진하기도 했다. 몸이 발작과 경련을 일으키고 정신 착란이 심해져서 다른 생각들이 정상적인 힘을 발휘하지 못하는 때도 있었다. 그런 순간에도 그는 검은 베일이 얼굴에서 벗겨질까 봐 근심하는 표정을 보였다. 목사의 혼란스러운 영혼은 이제 잊어버렸을지 몰라도, 그의 머리맡에는 충실한 여인이 있었다. 그녀는 설사 베일이 벗겨진다고 하더라도 그 늙은 얼굴을 다시 가려 주었을 것이다. 그녀가 젊은 시절 마지막으로 보았던 그 잘생긴 남자의 얼굴을 말이다.

마침내 죽기 직전의 노인은 혼수와 탈진 상태로 조용히 누워 있었고, 맥박은 거의 뛰지 않았으며, 호흡은 점점 가늘어졌다. 길고 깊고 불규칙적인 호흡은 그의 영혼이 이제 몸 밖으로 빠져나가려 한다는 것을 알려 주었다.

웨스트버리의 목사는 침대맡으로 다가갔다.

"존경하는 후퍼 교부님."

그가 말했다.

"당신이 해방되는 순간이 이제 목전에 다가왔습니다. 시간을 영원으로부터 차단시키는 이 베일을 걷어 올릴 준비가 되셨습니까?"

후퍼 교부는 처음에는 머리를 힘들게 움직여 대답했다. 하지만 자신의 뜻이 잘 전달되지 않을까 두려워하면서 무언가 말을 하려고 애를 썼다.

"그렇소."

그가 희미한 목소리로 말했다.

"내 영혼은 이 베일이 거두어질 때까지 얼마나 피곤함을 겪어 왔는지 모르오."

"당신은 기도에 전념했고……."

클라크 목사가 다시 말했다.

"흠잡을 데 없는 모범을 보였으며, 인간의 판단력이 허용하는 범위 내에서 거룩한 생각과 행동으로 일관했습니다. 이런 교회의 교부가 자신의 기억에 그림자를 남겨서, 그처럼 순수한 생애를 암울하게 만드는 것이 적절하다고 보십니까? 존경하는 형제여, 간구하오니 이런 일이 벌어지지 않게 하소서! 당신이 보상을 받기 위해 하늘로 오르기 전에, 당신의 빛나는 얼굴을 보여 주어 우리를 기쁘게 해 주소서. 영원의 베일이 들어 올려지기 전에 제가 이 검은 베일을 당신의 얼굴로부터 떼어 내게 해 주소서!"

이렇게 말하면서 클라크 목사는 허리를 숙여 그토록 여러 해 동안 감추어져 온 신비를 드러내려 했다. 그러나 모든 임종자들을 깜짝 놀라게 할 정도로 갑작스러운 괴력을 발휘하며 후퍼 교부는 양손으로 침대 시트를 거머쥐더니, 그 시트로 검은 베일을 덮으면서 웨스트버리 목사가 죽어 가는 사람과 힘으로 다투려 한다면 물러서지 않겠다는 태도를 취했다.

"절대 안 돼!"

베일을 쓴 목사가 말했다.

"이 지상에서는 절대 안 돼!"

"오, 불행한 노인이여!"

젊은 목사가 겁먹은 목소리로 소리쳤다.

"당신의 영혼에 어떤 끔찍한 죄악이 있기에 그걸 그대로 가지고 최후의 심판 앞으로 가려는 것입니까?"

후퍼 교부의 호흡이 거칠어졌다. 그것은 목구멍에 걸려서 그르렁거렸다. 그러나 엄청난 괴력을 발휘하여 양손을 앞으로 내밀며 빠져나가려는 목숨을 꽉 붙들고 뒤로 잡아당겼다. 그가 말할 수 있는 시간을 벌기 위해서였다. 그는 심지어 침대에 일어나 앉기까지 했다. 죽음의 양팔이 그의 어깨를 꽉 잡고 있는 그 순간에도 노인은 몸을 부르르 떨었고 검은 베일은 아주 끔찍한 모습이었다. 마치 평생의 공포가 모두 모여 있는 순간 같았다. 하지만 자주 입가에 나타났던 희미하고 슬픈 미소가 이제 베일의 어둠으로부터 빛났고 후퍼 교부의 입가에 계속 머물렀다.

"왜 당신들은 나만 보면 몸을 떠는가?"

그는 베일 두른 얼굴을 돌려 창백한 얼굴로 임종을 지키는 사람들을 둘러보았다.

"실은 당신들끼리도 서로 몸을 떨지 않는가? 남자들이 나를 피하고 여자들이 자비심을 보여 주지 않고 어린아이들이 비명을 지르며 도망치는 것이 오로지 나의 검은 베일 때문이라고 생각하는가? 베일이 흐릿하게 상징하는 신비가 없었더라면, 이 천 조각이 뭐 그리 겁나는 물건이겠는가? 친구가 다른 친구에게 속 깊은 마음을 보여 주고, 애인이 자신이 그토록 사랑하는 연인에게 깊은 애정을 나눠 주고, 인간이 혐오스러운 죄악의 비밀을 몰래 쌓아 두면서 창조주의 눈빛을 헛되이 피하려 들지 않는다면, 그때에는 이 상징을 위해 살아 왔고 또 죽으려 하는 나를 괴물이라고 생각해도 좋다! 나는 내 주위를 둘러볼 때마다 모든 인간의 얼굴에 검은 베일이 드리워져 있는 것을 보았어!"

사람들이 서로 두려워하며 상대방을 피하고 있는 동안, 후퍼 교부는 침대 위에 풀썩 쓰러져 베일 쓴 시신이 되었다. 하지만 입가에는 희미한 미소가 어려 있었다. 그들은 여전히 베일을 두르고 있는 그를 관 속에 넣었고, 베일 두른 시신을 무덤까지 운반해 갔다. 그 무덤 위에는 여러 해 동안 풀들이 생겨났다가 시들었고, 비석에는 이끼가 자랐고, 선량한 후퍼 씨의 얼굴은 흙이 되었다. 하지만 그 흙이 검은 베일 밑에서 질식하고 있다는 생각은 여전히 사람들을 무섭게 한다.

결혼식장의 장례 종소리

Nathaniel Hawthorne

뉴욕시에는 내가 언제나 특별한 관심을 가지고 바라보는 교회가 있다. 나의 할머니가 소녀 시절에 그 교회에서 거행된 아주 독특한 결혼식을 말해 주는 바람에 관심을 깊게 되었다. 인자하셨던 할머니는 우연히 그 결혼식을 목격하고 그 이후 그 얘기를 자주 하셨다.

같은 자리에 서 있는 교회 건물이 할머니가 말한 그 교회인지 어떤지는 내가 옛것에 대한 조예가 별로 깊지 못하기 때문에 잘 알지 못한다. 설혹 내가 유쾌한 착각을 일으킨 것이라 해도, 그 교회의 현관문 위에 걸려 있는 명판에서 설립 날짜를 확인해서 나의 오류를 고치고 싶은 생각은 없다.

아주 멋진 잔디밭이 주위를 둘러싸고 있는 웅장한 교회 내부에는 납골 단지, 기둥, 오벨리스크, 기타 여러 형태의 대리석 기념비,

개인적 신앙의 봉헌물, 역사적 먼지가 앉은 기타 찬란한 기념물들이 진열되어 있다. 이런 장소에 오면 우리는 어떤 전설 속의 이야기와 연결되고 싶은 충동을 느끼게 된다. 비록 도시의 시끄러운 소음이 교회의 탑 아래에서 계속 퍼져 나갈지라도.

그 결혼식은 젊을 때의 약혼식이 마침내 결실을 맺은 경우라고 해야 할 것 같다. 신부는 그동안 두 번의 결혼을 겪었고, 신랑은 40년 세월을 혼자 살아 왔다. 이제 예순다섯인 엘렌우드 씨는 수줍음을 잘 탔지만, 그렇다고 해서 아주 격리된 삶을 살아온 것은 아니었다. 자신의 마음을 깊이 명상하는 사람들이 그렇듯이, 엘렌우드 씨는 이기적이었지만 아주 드물게 관대한 마음의 한 자락을 보여 주기도 했다. 평생 학자로 살아온 그는 좀 게으른 사람이었는데 그의 학문이 공적인 출세나 사적인 야망 양쪽에 걸쳐서 뚜렷한 목표가 없었기 때문이다. 이 신사는 지체 높은 가문에서 태어나 괴곽할 정도로 모든 것을 세세히 따지는 성격이었지만, 그렇다고 해서 영 막히지는 않아서, 자신의 편의를 위해 사회의 일반 규칙을 적당히 위반할 줄도 알았다.

사실 그의 성격은 괴상한 측면이 너무 많았다. 병적일 정도로 일반 대중의 관심으로부터 몸을 움츠렸으나 가끔 아주 괴상한 행동을 해서 종종 도시의 화제가 되는 것이 그의 피할 수 없는 운명이었다. 그래서 사람들은 그의 집안에 정신병 내력이 있는 게 아닐까 의심하며 몰래 뒷조사를 하기도 했다. 하지만 그렇게 할 필요는 없었다. 그의 괴팍함은 그의 마음과 감정에서 나오는 것이었다. 엘렌우드 씨의 마음은 사람을 몰두시키는 명확한 목적이 결여되어 있었고, 그 감정은 다른 자양분이 없었기 때문에 자신의 감정을 파먹으면서 스스로를 괴롭혔다. 만약 그가 정신 이상이라면 그건 목적 없이 표류하는 인생의 결과일 뿐 원인은 아니었다.

신부로 나선 과부는 세 번째 신랑과는 극명한 대조를 이루는 여성이었다. 서론에서 이미 짐작했겠지만 그녀는 나이만 빼놓고 모든 면에서 신랑과 닮은 점이 없었다. 젊은 시절 엘렌우드 씨와의 약혼을 강제 파기당한 그녀는 두 배나 나이 많은 남자와 결혼했다. 결혼 후 그 남편에게 충실했고, 그가 사망하면서 남긴 재산 덕분에 상당한 자산가가 되었다.

두 번째 남편은 그녀보다 훨씬 어린 남부 지방의 신사로, 그녀를 찰스턴으로 데려갔다. 그곳에서 여러 해 동안 마음고생을 하다가 다시 과부가 되었다. 이런 인생의 우여곡절을 겪은 부인에게 우아한 여성적 감정이 아직도 남아 있다면 그것은 아주 이상한 일일 것이다. 파혼으로 끝난 실망스러운 젊은 날의 약혼식, 애정 없는 첫 번째 결혼의 싸늘한 의무감, 두 번째 결혼이 가져온 일편단심 원리의 훼손, 남부 출신 남편의 무뚝뚝함 따위로 그런 우아한 감정은 짓눌러져 사라졌다. 두 번째 남편이 죽었을 때에는 불가피하게 그 죽음과 자신의 편안함을 연결하여 생각하지 않을 수 없었다.

간단히 말해서, 그녀는 아주 현명하지만 그리 사랑스럽지는 못한 부류의 여성이었다. 또 철학자라고 말해 볼 수도 있겠는데, 마음의 고통을 평정심으로 이겨 냈고, 그녀 자신의 것이 되어야 마땅한 모든 행복을 누리지 못해도 무방하다고 여겼고, 이것 빼고 저것 빼고 남아 있는 것만으로 잘해 보려고 애쓰는 철학자였다. 이 과부는 대부분의 문제에서 현명함을 발휘했다.

그녀를 우스꽝스럽게 만드는 유일한 약점, 즉 아이를 낳지 못한다는 사실에도 불구하고 다소 애교스러운 구석도 있었다. 무자식인 그녀는 딸이라는 존재를 통하여 대리적인 아름다움을 누릴 수 없었다. 그래서 무슨 일이 있어도 늙고 추하게 되는 것을 피해야겠다고 마음먹었다. 그녀는 세월을 상대로 치열하게 싸웠다. 세월이 아무리 으름장을 놓아도 자신의 장미꽃을 꼭 붙들고 놓지 않았다. 마침내 인자한 도둑✢도 그 집요함에 놀란 나머지 그녀의 장미꽃을 가져오려고 굳이 노력할 필요 없다면서 포기했다.

세상의 풍상을 다 겪은 이 여자와 엘렌우드 씨처럼 세상 물정 모르는 남자의 결혼은, 대브니 부인이 고향 도시로 돌아온 직후 널리 공지되었다. 피상적인 관찰자는 물론이고 심오한 관측통들도 이

✢ 사람의 미모와 목숨을 도둑질해 가는 세월.

과부가 그 결혼을 성사시키는 데 상당한 역할을 했으리라는 데에 의견이 일치되었다.

이 결혼에는 엘렌우드 씨보다는 그녀가 훨씬 더 소중하게 여길 만한 고려 사항들이 꽤 있었다. 그런 고려 사항 중에는 젊은 날 연인들의 황혼 결합이라는, 야릇한 감상과 로맨스의 헛된 환상도 있었다. 그런 환상은 인생의 산전수전을 다 겪어 진실한 감정 따위는 없는 여자조차도 때때로 바보로 만들어 버렸다. 그러나 정말로 경이로운 것은 어떻게 하여 엘렌우드 씨 같은 사람이 한편으로는 신중하고 한편으로는 우스꽝스러운 이런 결정을 내릴 수 있었느냐는 것이다. 세상 물정에 어둡고 사람들의 조롱을 극도로 싫어하는 수줍음 많은 남자가 말이다.

사람들이 이렇게 수군대는 동안 결혼식 날이 되었다. 결혼 예식은 교회 방식으로 하되 식장인 교회를 누구에게나 개방하기로 했다. 이 결혼식은 소문이 나 있었으므로 많은 하객이 예식에 참석했다. 하객들은 앞쪽의 벽에 마련된 좌석과 제단 근처의 좌석을 먼저 차지했고, 이어 넓은 중앙 통로 양쪽의 신도석에도 앉았다. 신랑과 신부 일행은 각자 따로따로 교회에 오기로 되었는데, 아마도 당시의 관습인 듯하다. 약간의 사고로 인해 신랑은 신부 측보다 약간 늦게 교회에 도착하게 되었다. 지금까지 따분하지만 꼭 필요한 서론을 전개했는데, 신랑이 도착하면 우리 이야기의 본격적인 행동이 시작된다.

여러 대의 구식 마차들의 둔탁한 바퀴 소리가 들려왔고, 신부 일행인 여러 신사와 숙녀들이 교회 문을 통과하여 들어오면서 갑작스럽지만 상쾌한 햇빛의 효과를 연출했다. 주인공인 신부만 빼놓고 그 일행은 젊고 발랄한 사람들이었다. 그들이 넓은 중앙 통로를 물밀듯 밀고 들어오자 통로 양쪽의 신도석과 기둥은 환히 밝아졌다. 그 일행은 교회를 무도장으로 착각하는 듯 발걸음이 아주 경쾌했고, 손에 손을 맞잡고 제단까지 춤을 추며 걸어갈 기세였다. 이 광경이 너무 눈부셔서 신부 일행이 교회에 입장할 때 벌어진 괴기한 현상에 주목한 사람은 거의 없었다.

신부의 발이 교회 문턱을 밟는 순간, 그녀 머리 위의 종탑에서 종이 둔중하게 돌아가면서 매우 음울한 장례 종소리를 울렸던 것이다. 신부가 교회 내부로 들어설 즈음에, 종소리의 진동은 잦아들더니 길게 늘어진 엄숙한 메아리가 되었다.

"맙소사! 저건 불길한 징조인데."

한 젊은 처녀가 애인에게 말했다.

"내 명예를 걸고 말하는데……."

그 애인이 대답했다.

"저 종은 상황에 맞게 알아서 울어 주는 멋진 취미를 가진 것 같아. 도대체 저렇게 나이 든 여자가 결혼식이라니 말이 돼? 사랑하는 줄리아, 당신이 결혼하기 위해 제단에 다가간다면, 저 종은 가장 명랑한 종소리를 울려 줄 거야. 하지만 저 노파를 위해서는 장례 종소리밖에 울려 줄 게 없지."

신부와 대부분의 신부 일행들은 소란스러운 입장 분위기에 휩쓸려서 첫 번째로 울린 저 불길한 종소리를 듣지 못했다. 아니면, 그런 음울한 종소리를 들으며 제단으로 걸어가는 것이 괴상하다고 생각할 겨를이 없었다고 해야 할 것이다. 그래서 그들은 아까와 같은 명랑하고 쾌활한 자세로 계속 걸어갔다. 당시의 화려한 의상들, 진홍색 벨벳 옷, 금줄로 테를 두른 모자, 둥근 버팀대를 댄 치마, 비단, 공단, 자수 제품 등이 화려한 의상이 어울리는 사람들을 아주 돋보이게 하면서 아름답게 과시되었다.

화려한 복장과 장식 덕분에 신부 일행은 실제 사람들이라기보다 밝은 그림 같아 보였다. 하지만 그게 정녕 그림이라면, 무슨 변덕이 발동하여 화가는 주인공을 주름지고 노쇠한 모습으로 그려 놓고, 또 그 늙은 주인공에게 밝고 화려한 옷을 입혀 놓았단 말인가! 그것은 가장 사랑스러운 여자도 갑자기 시들어서 노파가 되어 버릴 수 있다는 걸 보여 주어 신부 주위의 아름다운 사람들에게 도덕적 교훈을 주려는 것인가? 그렇지만 신부 일행은 통로를 걸어 내려갔고, 그들이 삼분의 일쯤 걸어가자 두 번째 장례 종소리가 울려 퍼졌다. 그 소리는 교회 내부에 짙은 우울함을 안겼고, 화려한 신부 행렬을 어둡고 흐리게 만들었으며, 신부 일행을 마치 어두운 안개 속에 휩싸여 있다가 다시 나오는 햇빛처럼 보이게 했다.

장례 종소리가 두 번이나 울리자 신부 일행은 동요하면서 걸음을 멈추고 서로 꼭 껴안았으며, 일부 여자들은 비명을 질렀고 청년들은 혼란스러워하며 웅성거렸다. 이처럼 좌우로 흔들리는 남녀 일행은 갑자기 불어온 바람에 흔들리는 아름다운 꽃다발에 비유할 수 있었다. 하지만 그 바람이 같은 줄기에 두 개의 이슬 머금은 봉오리를 갖고 있는, 갈색으로 시들어 버린 오래된 장미의 잎사귀들을 떨어뜨리려 하는 것이라면, 우리는 그 시든 장미를 아름답고 젊은 신부 들러리 사이에 서 있는 신부의 상징으로 볼 수 있으리라. 하지만 신부의 영웅적인 용기는 존경할 만한 것이었다.

그녀는 장례 종소리가 자신의 가슴에 직접 떨어지기라도 한 것처럼 순간 놀라면서 전율했다. 그러나 곧 정신을 차리고 평정심을 회복했다. 수행하는 일행이 당황하는 가운데, 그녀는 앞으로 나서며 침착하게 통로를 계속 걸어갔다. 장례 종소리는 시신을 무덤에 운구할 때처럼 음울하고 규칙적인 가락으로 계속해서 흔들리고 울리고 진동했다.

"여기 있는 젊은 친구들이 약간 당황했어요."

신부가 미소 지으며 목사에게 말했다.

"많은 결혼식이 밝은 종소리와 함께 치러지지만 불행으로 끝나지요. 그러니 이런 색다른 조짐을 좀 더 나은 행운의 징조라고 여기고 싶어요."

"부인."

목사가 크게 당황하며 말했다.

"이 괴상한 일은 그 유명한 비숍 주교의 결혼식 설교를 생각나게 합니다. 주교님은 죽음이나 미래의 슬픔에 대한 생각들을 자주 결혼식 축사에 섞어 넣으셨지요. 주교님의 축사 스타일을 흉내 내어 보자면, 신부의 신방에 검은 커튼을 드리우게 하고, 관을 덮는 천을 가지고 결혼 예복을 만들라고 하셨지요. 결혼 예식에서 슬픔의 요소를 집어넣는 것이 여러 나라들의 관습이었습니다. 인생의 대사인 결혼식을 거행하면서 죽음을 염두에 두라는 뜻이지요. 이런 선례를 생각하면 우리는 저 장례 종소리에서 슬프지만 유익한 교훈을 이끌어 낼 수 있겠습니다."

목사는 그런 교훈을 좀 더 강력하게 강조할 수도 있었겠지만, 그래도 사람을 시켜 그 신비스러운 종소리가 어떻게 된 것인지 알아보라고 하고, 또 그 소리를 멈추게 하라고 일렀다. 너무 음울하여 결혼식에는 어울리지 않는 것이었기 때문이다. 잠시 정적의 순간이 흘러갔다. 신부 일행과 하객들 사이의 속삭임과 억눌린 수군거림이 간간히 그 정적을 깨뜨렸을 뿐이다. 그들은 처음 받았던 충격에서 벗어나자, 그 사건으로부터 심술궂은 즐거움을 이끌어 낼 마음이 되었던 것이다. 젊은이들은 노인들의 어리석음에 대하여, 노인들이 젊은이를 봐주는 그런 자비심이 별로 없었다. 과부의 시선은 잠시 창밖의 교회 마당 쪽으로 흘러갔다. 그 시선은 오래전에 첫 번째 남편에게 바친 대리석 묘비를 찾는 듯했다. 이어 그녀의 눈꺼풀이 축 늘어진 눈 위로 스르르 내려왔고 생각은 어쩔 수 없이 두 번째 남편의 무덤을 향해 달려갔다. 땅에 묻힌 두 남자, 한 사람은 그녀의 귀에 맴도는 소리가 되어 또 다른 사람은 아주 먼 곳에서 울리는 외침이 되어, 어서 와 그들 옆에 누우라고 속삭여 댔다.

그녀는 순간적으로 어떤 진실한 감정을 느꼈다. 파혼했던 젊은 날의 애인과 지금껏 살아왔더라면, 그리하여 그 애인이 오랫동안 남편 자격으로 애정을 주고 또 그 오래된 애정을 느끼며 무덤으로 가는 것이라면, 자신이 훨씬 더 행복했을 것이라고 생각했다. 왜 그녀는 이렇게 늦게 그에게 돌아온 것인가? 그들의 싸늘한 가슴이 포옹으로부터 움츠러드는 이때에.

아직도 장례 종소리가 구슬프게 울리고 있어서 마치 햇빛이 공기 중에서 사라지는 듯했다. 창 쪽에 가까이 서 있던 사람들의 수군거림이 이제 교회 안으로 퍼져 나갔다. 신부가 제단에서 살아 있는 사람을 기다리는 동안, 여러 대의 수행 마차로 둘러싸인 영구차가 거리에서 천천히 올라오고 있는데, 아마도 시신을 교회 마당으로 옮기기려는 것 같다는 수군거림이었다. 그 직후 교회 정문에서 신랑과 그 일행의 발자국 소리가 들려왔다. 신부는 통로를 내려다보았고 앙상한 손으로 신부 들러리인 소녀의 팔을 무의식적으로 세게 잡아서 소녀는 부르르 몸을 떨었다.

"부인, 왜 이렇게 겁을 주세요?"

소녀가 말했다.

"도대체 무슨 일이세요?"

"아무것도 아니다, 얘야."

신부가 말했다. 이어 소녀의 귀에 바싹 입을 갖다 대며 이렇게 속삭였다.

"난 아주 이상한 생각을 떨칠 수가 없구나! 신랑이 숙은 두 남편을 들러리 삼아 교회 안으로 들어선다는 생각이 들어!"

"어머, 세상에!"

신부 들러리가 소리쳤다.

"그럼 여긴 뭐하는 거예요? 장례식?"

소녀가 말하는 동안, 검은 행렬이 교회 안으로 들어섰다. 먼저 장례식의 주요 조문객처럼 보이는 늙은 여자와 늙은 남자가 들어왔다. 그들은 창백한 얼굴과 허연 머리를 제외하고는 머리에서 발끝까지 아주 검은 옷을 입고 있었다. 그는 지팡이에 몸을 의지하면서 힘없는 팔로 노쇠한 여자의 몸을 부축했다. 그 바로 뒤에는 이 늙은 할아버지, 할머니처럼 나이 들고, 검은 옷을 입어 음침하게 보이는 또 다른 남녀가 따라 들어왔다. 그들이 가까이 다가오자, 신부는 그들의 얼굴에서 오랫동안 잊고 있던 예전 친구들의 희미한 모습을 알아보았다. 그들은 이제 무덤에서 일어나 이곳에 되돌아와 그녀에게 수의를 준비하라고 경고하는 듯했다. 또는 경고 비슷한 음침한 의도를 가지고, 그들의 주름살과 노쇠함을 보여 줌으로써, 신부에게 그녀의 노쇠함을 일깨워 주어 신부 또한 그들과 같은 부류라고 주장하려는 듯했다. 그녀는 젊은 시절 그 남자들과 함께 춤추며 여러 날 즐거운 밤을 보냈다. 이제 즐거움이 없는 나이에 이르러 역시 쭈글쭈글해진 남자가 그녀에게 청혼하는 느낌이 들었고, 모두 함께 장례식 종소리에 맞추어 죽음의 춤을 추자고 제안하는 듯했다.

이 나이 든 문상객들이 통로를 지나가는 동안, 신도석에 앉아 있던 하객들은 엄청난 공포로 몸을 떨었다. 지금까지 앞서 걸어온 자들에게 가리웠던 어떤 사람이 그 모습을 온전히 드러냈기 때문이다. 많은 사람들이 고개를 돌렸다. 어떤 사람들은 발끝에 시선을 고정시키고 고개를 들지 않았다. 한 어린 소녀는 신경질적으로 낄낄거리다가 입가에 웃음이 남아 있는 채로 기절했다. 유령 같은 행렬이 제단 가까이 다가오자, 앞서 걸어오던 나이 든 남자들과 여자들은 헤어져서 천천히 양옆으로 비켜섰고, 마침내 한가운데에 어떤 형체가 우뚝 섰다. 그는 이 모든 음울한 의식과 장례식 종소리와 장례 절차를 정중하게 모셔 들인 주인공이었다. 바로 수의를 입은 신랑이었다!

죽음의 얼굴에는 무덤 속으로 들어가는 사람이 입는 옷이 가장 잘 어울릴 것이다. 그의 두 눈은 무덤 앞에 켜 놓은 램프처럼 무섭게 빛났다. 그 밖의 모든 부분도 관 속의 시신 같은 엄숙한 차가움으로 고정되어 있었다. 그 시신 같은 형체는 조용히 서 있었다. 마침내 그가 입을 열어 신부에게 말을 했고, 그 목소리는 교회 내부에 울려 퍼진 장례 종소리와 잘 어울렸다.

"오시오, 나의 신부여!"

창백한 입술이 말했다.

"영구차는 준비되어 있소. 교회지기가 무덤의 문 앞에서 우리를 기다리고 있소. 우리 결혼합시다. 그런 다음 우리의 관 속으로 갑시다!"

신부의 경악과 공포를 어떻게 묘사할 수 있을까? 그녀의 얼굴은 음산했고 죽은 남자의 신부다운 음울한 표정이었다. 신부의 어린 들러리들은 옆으로 물러서면서 문상객들, 수의 입은 신랑 그리고 신부를 바라보며 몸을 떨었다. 이 광경은 아주 강력한 이미지로 하나의 주제를 표현했다. 그것은 노령, 질병, 슬픔, 죽음에 대비시켜 보았을 때 금빛 번쩍거리는 이 세상의 허영이 얼마나 헛된 것인가를 보여 주었다. 공포의 침묵을 맨 먼저 깨트린 것은 목사였다.

"엘렌우드 씨."

목사가 부드러우면서도 권위 있는 목소리로 말했다.

"당신은 몸과 마음이 온전하지 않은 것 같습니다. 당신은 이 특별한 상황 때문에 크게 동요한 것 같습니다. 예식은 연기되어야 합니다. 당신의 오랜 친구로서 지금 즉시 집으로 돌아가 안정을 취할 것을 호소합니다."

"집이라고요? 그래요, 하지만 신부 없이는 돌아가지 않겠습니다."

역시 아까와 같이 음산한 목소리로 신랑이 말했다.

"당신은 이것을 웃기는 짓이라고 생각하는군요. 아니면 미친 짓이라고 보거나. 만약 늙어 빠진 이 몸에 내가 진홍색 비단과 장식물을 걸치고 왔더라면—나의 죽어 버린 가슴을 감추고서 억지로 입가에 미소를 짓고 왔더라면—그거야말로 웃기는 짓이거나 미친 짓이었겠지요. 그러나 지금 이 자리에 온 남녀노소 하객들에게 한번 물어보십시오. 누가 더 결혼식에 어울리는 옷을 입고 왔는지? 신랑인지 신부인지!"

그는 유령 같은 걸음으로 앞에 나서서 신부 옆에 섰다. 그리고 자신이 입고 있는 너무나도 소박한 수의와 이 불행한 광경을 위해 신부가 차리고 온 눈부신 치장을 서로 대비시켰다. 이 광경을 쳐다본 사람들은 신랑의 혼란스러운 정신이 이끌어 내려 하는 강력한 도덕적 교훈을 부정할 수가 없었다.

"잔인해요! 잔인해요!"

가슴이 너무나 아픈 신부가 말했다.

"잔인하다고!"

죽음 같은 음산함은 사라져 버리고 아주 씁쓸한 어조로 신랑이 말했다.

"우리 둘 중에 누가 더 상대방에게 잔인했는지 하늘이 판결해 줄 거요! 젊은 시절 당신은 나의 행복, 나의 희망, 나의 목표를 빼앗아 갔소. 당신은 내 삶의 알맹이를 모두 가져가 버렸고, 내 삶을 실체 없는 꿈, 아주 슬픈 꿈으로 만들어 버렸소. 나는 깊은 우울감에 빠져 그 꿈속을 피곤하게 걸어왔고, 또 내가 어디로 가는지 신경 쓰지도 않았소.

40년이 흘러 내 무덤을 짓고 그곳에서 안식하려고 생각하는 이때—물론 그건 우리가 젊은 날에 소망했던 그런 안식은 아니지요—당신은 나를 결혼의 제단으로 불렀소. 나는 당신의 부름을 받아 여기에 왔소. 하지만 이미 다른 두 남편이 당신의 젊음, 당신의 아름다움, 당신의 따뜻한 마음, 당신의 목숨에 동반되는 모든 좋은 것을 즐기고 난 후였소. 당신은 쇠락과 죽음 이외에 나를 위해 남겨 둔 것이 뭐가 있소? 그래서 나는 이 문상객 친구들을 불렀고, 교회지기에게 가장 음울한 조종을 울리라고 부탁했던 거요. 그리고 나 자신은 당신과 결혼하기 위해 수의를 입고 여기에 왔소. 우리가 무덤의 문 앞에서 손을 맞잡고 그 안으로 들어갈 수 있도록."

그 순간 신부의 마음은 흥분한 상태가 아니었다. 신부의 마음에 강력한 정서가 환기된 것은 사실이나, 그것이 전부는 아니었다. 그날의 강력한 교훈은 신부에게 엄청난 위력을 발휘했다. 그녀의 세속적인 마음이 사라졌다. 그녀는 신랑의 손을 잡았다.

"좋아요!"

그녀가 소리쳤다.

"설사 무덤의 문 앞이라 하더라도 우리 결혼해요! 내 삶은 허영과 허무의 연속이었어요. 하지만 삶의 마지막에 이르러 이제 어떤 진실한 느낌을 갖게 되었어요. 그 느낌은 늙은 나를 다시 젊은 날의 나로 변화시켰어요. 그래서 나를 당신에게 합당한 여자로 만들어 놓았어요. 이제 우리 둘에게 시간은 아무것도 아니에요. 우리 영원을 위해 결혼해요!"

신랑은 아주 오래 찬찬히 신부의 눈을 쳐다보았고 그의 눈에서는 눈물이 솟구쳤다. 시신의 얼어붙은 가슴에서 솟아오르는 인간적 느낌이란 이 얼마나 기이한 것인가! 그는 자신의 수의로 그 눈물을 닦아 냈다.

"내 젊은 날의 사랑이여."

그가 말했다.

"내가 잔인했어요. 결혼 얘기가 나오자 지나온 생애의 절망이 한꺼번에 살아나 미친 듯이 화를 내게 되었습니다. 나를 용서해 주세요. 그리고 나도 당신을 용서합니다. 그래요, 우리는 이제 황혼 녘에 들어섰지요. 우리가 젊은 날 꿈꾸었던 행복한 아침은 더 이상 없다는 걸 압니다. 그렇지만 손을 맞잡은 사랑하는 애인들로서 제단 앞에서 섭시다. 우리는 어려운 환경 때문에 한평생 떨어져 살다가 삶이 끝나려는 무렵에 다시 만나 지상의 애정을 종교처럼 거룩한 것으로 바꾸어 놓았습니다. 영원을 위해 결혼한 사람들에게 시간이 뭐 그리 중요하겠습니까?"

많은 사람들이 눈물을 흘렸고, 이 결혼식이 합당하다고 생각하는 사람들은 한껏 흥분된 감정을 느꼈다. 이런 분위기 속에서 두 불멸의 영혼은 엄숙하게 하나가 되는 결혼식을 올렸다. 노쇠한 조문객의 행렬, 수의를 입은 흰 머리카락의 신랑, 나이 든 신부의 창백한 얼굴, 결혼식의 축사를 압도하는 음울한 장례 종소리가 지상의 희망이 이미 끝났음을 알려 주었다. 그러나 결혼식이 진행되면서 교회 오르간은 그 인상적 장면에 공감하는 것처럼 멋진 찬송가를 연주했다. 처음에 그 찬송가는 음울한 장례 종소리와 뒤섞이더니 이어 아주 고상한 가락으로 상승하여 마치 영혼이 자신의 슬픔을 내려다보는 것 같은 분위기를 연출했다. 그리고 이 기이한 결혼식이 끝나고 영원을 위해 결혼한 신랑 신부가 차가운 손을 서로 맞잡고 물러가자, 오르간의 엄숙한 가락은 마침내 결혼식장의 장례 종소리를 제압하였다.

큰 바위 얼굴

Nathaniel Hawthorne

해가 넘어가는 어느 오후, 한 어머니와 어린 아들이 통나무집 앞에 앉아서 큰 바위 얼굴에 대하여 이야기하고 있었다. 모자가 눈을 들어 바라보면 몇 마일 떨어진 저 멀리에서 햇빛을 온 얼굴에 받고 있는 큰 바위 얼굴이 아주 뚜렷하게 보였다.

그런데 큰 바위 얼굴이란 무엇인가?

모자가 사는 곳은 높은 산들로 둘러싸인 아주 넓은 계곡 지대였으며, 수천 명의 주민들이 살고 있었다. 이들 중 일부는 통나무집에서 살았는데, 그들의 집 주위는 가파르고 험준한 산등성이가 병풍처럼 둘러싸고 있고 또 울창한 숲으로 뒤덮여 있었다. 또 어떤 주민들은 편안한 농가에서 살면서 경사 완만한 등성이나 계곡의 평평한 땅에서 농사를 지었다. 또 다른 주민들은 인구가 많은 마을에 모여 살았다. 특히 마을에서는 산간 고지대에서 흘러내려 오는 물살

거센 시냇물을 인간의 지혜로 가두어서 그 물의 힘으로 공장의 기계들을 돌렸다. 간단히 말해서 이 계곡 지대의 주민들은 인구가 많았고, 또 다양한 생활 방식으로 살아갔다. 어른이든 아이든 이 지대의 모든 주민들은 큰 바위 얼굴에 대하여 친근감을 느꼈다. 하지만 일부 주민들은 다른 많은 이웃들에 비하여 이 장엄한 자연 현상을 더 잘 이해하는 재주를 지녔다.

　큰 바위 얼굴은 장엄한 자연이 어느 한 순간 장난기가 발동하여 산의 가파른 측면에 만들어 놓은 작품이었다. 여러 개의 커다란 바위들이 자연의 힘으로 산비탈에 이리저리 한데 모여져 있어서 적당한 거리를 두고서 바라보면 마치 사람의 얼굴인 양 뚜렷한 이목구비를 드러내는 것이다. 그것은 엄청난 몸집의 거인 혹은 티탄이 그 절벽에 자신의 모습을 조각해 놓은 것처럼 보였다. 넓은 아치형을 그리는 이마는 높이가 1백 피트에 이르렀다. 코는 냇물 위의 기다란 다리 같았고, 넓은 입술은 말이라도 할라치면 그 우렁찬 소리가 계곡의 끝에서 끝까지 울려 퍼질 것 같았다.

　그러나 그 얼굴을 구경하는 사람이 산비탈에 아주 가까이 다가가면 그 커다란 얼굴의 윤곽은 가뭇없이 사라졌다. 단지 육중하고 거대한 바위들이 무질서한 혼란 속에서 서로 뒤엉켜 있는 광경만 보일 뿐이었다.

　그러나 점점 뒤로 물러나면서 바라보면 그 모습이 다시 나타났다. 구경하는 사람이 뒤로 많이 물러날수록 신성하고 장엄한 분위기를 갖춘 사람의 얼굴이 더욱 뚜렷하게 드러났다. 그리고 아주 멀리 떨어져서 바라보면 하늘의 구름과 산속의 안개가 그 얼굴을 은은하게 가려 주는 가운데, 큰 바위 얼굴은 더욱 생생하게 살아났다.

계곡 지대의 어린아이들이 큰 바위 얼굴을 매일 바라보며 어른이 된다는 것은 커다란 행운이었다. 큰 바위 얼굴의 이목구비는 아주 고귀했고 표정은 장엄하면서도 다정했기 때문이다. 그 얼굴은 온 인류를 따뜻하게 감싸안고도 오히려 여력이 남아도는 듯했고, 엄청나게 크고 따뜻한 심장의 온기 속에 은은히 빛나고 있었다. 그 얼굴을 쳐다보는 것만으로도 교훈이 되었다. 많은 주민들은 계곡 일대가 이처럼 비옥한 것은 그 인자한 얼굴 덕분이라고 믿었다. 그 얼굴은 계곡 일대를 은은하게 굽어보았고, 구름들을 환히 비추었으며, 햇빛 속에 그 인자함을 보태 주어 햇빛을 더욱 따뜻하게 했다.

우리는 한 어머니와 어린 아들이 통나무집 앞에 앉아서 큰 바위 얼굴을 바라본다고 앞에서 말했는데, 그 아이의 이름은 어니스트였다.

"어머니."

미소 짓는 거대한 얼굴을 바라보며 소년이 말했다.

"저 얼굴이 말을 할 수 있다면 좋겠어요. 너무나 인자한 얼굴이

어서 목소리도 아주 다정할 것 같아요. 내가 저런 얼굴을 가진 사람을 만난다면 그를 아주 좋아할 것 같아요."

"오래된 예언이 이루어진다면."

그의 어머니가 대답했다.

"우리는 언젠가 그런 사람을 만날 수 있을 거야. 저 얼굴과 똑같은 얼굴을 가진 사람을."

"어머니, 그건 어떤 예언인데요?"

어니스트가 아주 궁금한 목소리로 물었다.

"어서 그 얘기를 들려주세요!"

그리하여 어머니는 자신이 어니스트보다 더 어렸을 적에 어머니로부터 들었던 얘기를 아들에게 들려주었다. 그것은 과거에 벌어진 일들에 대한 얘기가 아니라 앞으로 벌어질 일에 대한 얘기였다. 아주 오래된 얘기로, 예전에 이 지대에 살았던 인디언들이 그들의 조상으로부터 들은 얘기였다. 그 조상들은 그 얘기를 산간 시냇물의 속삭임과 나무 우듬지를 뒤흔드는 바람 소리로부터 들었다고 힘주어 말했다. 얘기의 골자만 말해 보자면, 장래 어느 때에 이 근방에서 태어난 아이가 당대의 가장 위대하고 가장 고귀한 인물이 될 운명인데, 그 아이가 어른이 되면 큰 바위 얼굴과 똑같은 얼굴이 된다는 것이다. 많은 노인들은 물론이고 젊은이들도 열렬한 희망을 가슴에 품은 채 이 오래된 예언의 성취에 대하여 지속적인 믿음을 간직했다. 그러나 세상 구경을 많이 하고 기다리다 지쳐 버린 사람들, 또는 큰 바위 얼굴을 가진 사람을 아직까지 만나지 못하고 또 그들의 이웃보다 훨씬 더 위대하고 고귀한 인물을 겪어 보지 못한 사람들은, 그 예언이 한가한 이야기에 지나지 않는다고 결론지었다. 아무튼 예언 속의 그 위대한 사람은 아직 나타나지 않았다.

"아, 어머니, 사랑하는 어머니!"

어니스트가 양손을 머리 위로 들어 손뼉을 치며 외쳤다.

"전 정말로 그런 사람을 만날 때까지 살고 싶어요!"

어머니는 다정하고 사려 깊은 여성이었고, 그래서 어린 아들의 간절한 소망에 찬물을 끼얹지 않는 것이 좋겠다고 생각했다.

"어쩌면 너는 그 사람을 만날 수 있을 거야."

어니스트는 어머니가 들려준 얘기를 결코 잊지 않았다. 고개를 들어 큰 바위 얼굴을 바라볼 때마다 그 얘기가 머릿속에 떠올랐다. 그는 자신이 태어난 통나무집에서 어린 시절을 보냈고, 어머니에게 순종하고 또 많은 일을 해 어머니를 거들어 주었다. 자그마한 두 손으로도 많이 도왔지만 그보다는 사랑하는 마음으로 더 많이 어머니를 도왔다. 이런 식으로 그는 행복하고 생각 깊은 아이에서 부드럽고 말이 없고 순종적인 소년으로 성장했다. 들판에 나가 일을 하면서 햇빛 때문에 얼굴이 갈색으로 탔지만, 타고난 총기가 있어서 그의 모습은 유명한 학교를 다니는 많은 소년들보다 더 밝게 빛났다. 어니스트에게는 선생님이 없었지만 큰 바위 얼굴이 선생님 역할을 대신해 주었다. 하루의 노동이 끝나면 그는 몇 시간 동안 그 얼굴을 바라보았고, 마침내 이런 생각을 하게 되었다. 그것은 큰 바위 얼굴이 그를 알아보고, 그의 존경하는 마음에 반응하여 자상한 격려의 미소를 보내 준다는 상상이었다. 물론 큰 바위 얼굴은 어니스트뿐만 아니라 온 세상 모든 사람을 그렇게 바라보았지만, 그렇다고 해서 어니스트의 이런 상상을 착각이라고 단정해서는 안 된다. 소년의 부드럽고 자신감 넘치는 확고한 정신은 다른 사람들이 보지 못하는 것을 보았다. 그리하여 모든 사람에게 돌아가게 되어 있는 사랑이 어니스트 고유의 몫이 된 것이다.

이 무렵 계곡 일대에 한 가지 멋진 소문이 퍼져 나갔다. 마침내 오래된 예언 속의 큰 바위 얼굴을 닮은 사람이 나타났다는 것이다. 여러 해 전에 이 계곡에서 태어난 젊은이가 멀리 떨어진 항구 도시로 가서 어느 정도 돈을 모아 자신의 가게를 차렸다. 그것이 진짜 이름인지 아니면 그의 습관과 성공한 인생에서 나온 별명인지 알 수 없지만 아무튼 그의 이름은 개더골드[+]였다. 똑똑한 데다 민첩하고 또 행운을 만나면 그것을 알아보고 꽉 붙잡는 신비한 능력 덕분

✢ **개더골드**(Gathergold): 돈을 모으는 사람.

에 그는 아주 부유한 상인이 되었고, 넓은 수송선단의 소유주가 되었다. 지구상의 모든 나라들이 마치 이 사람의 거대한 재산을 더욱 늘려 주려는 목적을 위해 서로 손을 잡은 듯했다.

암울한 북극의 그림자 근처에 있는 북쪽의 차가운 지방들은 모피라는 형태로 그에게 조공을 바쳐 왔다. 햇빛 뜨거운 아프리카는 그를 위해 강물을 걸러 사금을 채취하고 밀림에 사는 거대한 코끼리의 상아를 수집했다. 동방은 그에게 아름다운 숄과 향료, 홍차, 번쩍거리는 다이아몬드, 순백색으로 빛나는 커다란 진주를 보내 왔다. 육지에 뒤떨어질세라 바다도 엄청나게 큰 고래들을 바쳤다. 개더골드 씨는 고래기름을 팔아서 엄청난 이익을 올렸다. 그를 신화 속의 미다스 왕과 비교해도 별반 지나치지 않으리라. 개더골드 씨가 손가락으로 만진 것은 그 즉시 반짝거리다가 노란색으로 변하면서 황금이 되었으며, 그에게 좀 더 어울리게 말해 보자면 엄청난 무더기의 황금 동전으로 바뀌었다.

개더골드 씨는 이제 너무나 큰 부자가 되어 그의 재산을 다 헤아리려면 백 년이 걸린다는 말이 나돌았다. 그러자 그는 자신의 고향인 계곡 지대를 생각하면서 그곳으로 돌아가 여생을 보내기로 결심했다. 이런 결심의 일환으로 그는 먼저 기술 좋은 건축사를 고향에 보내어 자신 같은 큰 부자가 살기에 적합한 커다란 궁전을 짓게 했다.

위에서 이미 말한 것처럼, 개더골드 씨가 사람들이 그토록 간절히 만나기를 바라 온 그 예언 속의 인물이라는 것과, 그의 얼굴이 큰 바위 얼굴과 완벽한 판박이라는 소문이 널리 퍼졌다. 사람들은 이 소문이 사실임에 틀림없다고 믿고 싶어 했다. 한때 개더골드 씨 아버지의 낡고 찌든 농가가 서 있던 자리에 마치 마법처럼 거대한 궁전이 올라가는 광경을 보면서 사람들은 더욱 그것을 확신하게 되었다.

궁전의 외부는 눈부실 정도로 하얗게 빛나는 대리석이었고, 그 거대한 건물이 햇빛을 받으면 녹아 없어질 것 같은 느낌이 들었다. 개더골드 씨가 아직 모든 것을 황금으로 바꾸는 재주를 갖추기 이전인 어린 시절에 고사리 손으로 흰 눈을 뭉쳐 만들었던 집처럼 말이다. 궁전에는 높은 주랑✢으로 받쳐진 화려한 장식의 현관이 있었고, 그 현관 밑에는 순은 손잡이가 달린 높다란 문이 달려 있었다. 그 문은 해외에서 수입해 온 다양한 목재들로 만든 것이었다. 각각의 으리으리한 방들에는, 바닥에서 천장까지 거대한 통유리로 된 창문이 달려 있었다. 그 유리는 천연의 공기보다 더 투명하여 마치 없는 것 같았다.

이 궁전의 내부를 들여다본 사람은 아무도 없었다. 하지만 내부

✢ **주랑**: 건축에서, 수평의 들보를 지른 줄기둥이 있는 회랑.

는 외부보다 훨씬 더 화려하다는 얘기가 있었고, 다들 그렇게 믿었다. 다른 집에서는 무쇠와 놋쇠를 사용한다면 이 집은 황금과 순은을 사용했다. 특히 개더골드 씨의 침실은 진한 황금색으로 번쩍거리는 외양을 자랑했기 때문에 보통 사람이라면 거기에 드러누워 눈을 감을 수가 없었다. 하지만 개더골드 씨는 이제 너무나 황금에 익숙해져 있어서, 내부 장식의 황금색이 그의 눈꺼풀 밑으로 은은히 파고들지 않으면 잠을 못 잘 지경이었다.

곧 궁전이 완성되었다. 이어 엄청난 고가의 가구들을 가지고 가구업자들이 도착했다. 개더골드 씨의 전령들인 한 무리의 흑인과 백인 하인들이 나타났고 장엄한 신분을 자랑하는 개더골드 씨는 해 질 무렵에 도착할 예정이었다.

한편 우리의 친구 어니스트는 위대한 사람, 고귀한 사람, 예언 속의 사람이 그토록 오랜 세월이 흐른 뒤에 마침내 고향 계곡에 등장한다는 사실에 깊은 감동을 받았다. 그는 비록 소년이었지만 개더골드 씨에게는 착한 일을 할 수 있는 천 가지의 방법이 있다는 것을 알았다. 그 엄청난 돈을 가지고 개더골드 씨는 자비의 천사로 변신할 수 있을 것이고 큰 바위 얼굴의 미소처럼 공평하고 자비롭게 인간사의 여러 측면들을 해결해 나갈 것이었다. 어니스트는 희망과 믿음으로 가득 차서 사람들이 하는 말이 모두 진실이라고 생각했다. 또 이제 산비탈의 저 멋진 얼굴과 똑같이 생긴 얼굴을 직접 보게 될 것을 의심하지 않았다. 소년이 계곡 위쪽을 올려다보면서 평소와 마찬가지로 큰 바위 얼굴이 자신의 눈빛에 화답하며 다정한 표정을 지어 보인다고 생각하는 동안, 수레바퀴들이 재빨리 돌아가는 소리가 들려왔다. 그것은 마차가 큰길 위에서 재빨리 달려가는 소리였다.

"그가 온다!"

그의 도착을 보기 위해 길가에 모여 기다리던 사람들이 소리쳤다.

"위대한 개더골드 씨가 온다!"

네 마리 말이 끄는 사두마차가 급하게 도로의 커브 길을 돌아갔다. 마차 창문으로 노인의 모습이 조금 보였는데, 그의 피부는 그 자신의 미다스 손이 그렇게 변모시킨 것처럼 노란색이었다. 그는 이마가 좁았고 작고 날카로운 눈 주위에는 많은 주름살이 잡혀 있었다. 가늘고 얇은 입술은 그가 힘을 주어 강하게 다물고 있는 바람에 평소보다 더 얇아 보였다.

"큰 바위 얼굴을 빼다 박았구먼!"

사람들이 소리쳤다.

"이제야말로 오래된 예언이 실현되었어. 마침내 그 위대한 인물이 나타났어!"

그때 어니스트를 크게 당황하게 만든 것은, 사람들이 그 닮았다는 얘기를 정말로 믿는다는 것이었다. 그 순간 길옆에는 멀리 떨어진 지역에서 온 거지 노파와 두 명의 어린 거지들이 있었다. 그들은 마차가 다가오자 손을 내밀고 구슬픈 목소리로 아주 가련하게 자선을 구걸했다. 그러자 노란 손—그토록 많은 돈을 움켜쥔 손—이 마차 창문 밖으로 삐죽 나오더니 길바닥에 동전 몇 닢을 떨어트렸다. 그 위대한 사람의 이름은 말이 좋아 개더골드이지, '동전 떨어트리는 사람'이라고 별명을 붙여도 좋을 것 같았다. 그래도 여전히 굳건한 믿음을 가지고 아주 진지한 목소리로 사람들은 외쳐 댔다.

"큰 바위 얼굴을 빼다 박았어. 판박이야!"

하지만 어니스트는 슬픈 마음이 되어 그 인색한 주름진 얼굴로부터 고개를 돌렸다. 그가 계곡 위쪽으로 고개를 쳐들자, 오후의 모여드는 안개 속에서 마지막 황금빛을 받으며 그 영광스러운 이목구비를 자랑하는 큰 바위 얼굴이 보였다. 그 인자한 입술은 이렇게 말하는 듯했다.

"그는 올 거야. 걱정하지 마라, 어니스트. 그 사람은 언젠가 올 거야."

여러 해가 흘러갔고 어니스트는 이제 소년이 아니었다. 그는 성장하여 청년이 되었다. 그는 계곡 주민들의 주목을 별로 받지 못했다. 그들은 그의 생활 방식에서 특별한 점을 발견할 수 없었다. 단지 하루의 노동이 끝나면, 그는 사람들과 떨어져 혼자가 되어 큰 바위 얼굴을 쳐다보며 명상하기를 좋아한다는 점만이 특별했다. 사람들이 볼 때 그건 어리석은 버릇이었으나 용납할 수 있는 것이었다. 어니스트가 근면하고, 친절하고, 이웃에게 잘하고, 또 그런 습관 때문에 의무를 게을리하지는 않았기 때문이다. 사람들은 큰 바위 얼굴이 그의 선생님이 되었다는 사실을 모르고 있었다. 큰 바위 얼굴에 표현된 감정이 청년의 마음을 넓게 하고 다른 사람들보다 더 넓고 깊은 공감으로 그의 마음을 채운다는 것도 알지 못했다. 책에서 배우는 것보다 훨씬 더 좋은 지혜가 큰 바위 얼굴로부터 나오고, 다른 사람들의 몰락한 인생보다 훨씬 더 훌륭한 모범이 된다는 것도 알지 못했다. 정작 어니스트 자신도 그 가르침의 원천을 의식하지 못했다. 그는 들판, 가정의 난로 옆, 또 그 어디를 가든 자신의 생각과 사랑을 자연스럽게 표시했는데, 그런 감정의 품격은 주위의 그 어떤 사람들보다 한결 수준 높은 것이었다. 어니스트는 그의 어머니가 처음 저 오래된 예언을 들려주었을 때처럼 확고한 영혼을 소유한 청년이었다. 그는 계곡 일대를 자비롭게 굽어보는 큰 바위 얼굴의 경이로운 모습을 계속 쳐다보면서 왜 저 얼굴을 닮은 사람은 이토록 오래 나타나지 않는 것일까, 하고 의아한 생각을 품었다.

이 무렵 개더골드 씨는 죽어 땅에 묻혔다. 그의 죽음과 관련하여 가장 기이한 사실은 개더골드라는 사람의 정신과 육체였던 그 엄청난 재산이 사망하기 전에 이미 사라져 버렸다는 것이다. 그리하여 쪼글쪼글한 노란 피부로 둘러싸인 살아 있는 해골 이외에는 그에게 남은 것이 없었다. 그의 황금이 모두 사라져 버린 이후, 망해 버린 상인의 초라한 몰골과 산비탈의 장엄한 얼굴 사이에는 특별한 유사성이 없다는 점이 인정되었다. 사람들은 이미 그의 생전에 개더골드 씨를 존경하지 않았고, 그의 사후에는 조용히 그를 잊었다. 가끔씩 그가 지은 거대한 궁전 때문에 그를 기억하는 경우가 있기는 했으나, 그 궁전은 이미 오래전에 타관 사람들을 받아들이는 호텔로 변해 버렸다. 해마다 여름이면 많은 외지인들이 유명한 큰 바위 얼굴을 보러 왔던 것이다. 이렇게 개더골드 씨의 명예가 추락하여 그림자 속으로 던져지자, 사람들은 또다시 예언 속의 사람을 기다리게 되었다.

그런데 이 계곡에서 태어난 한 남자가 여러 해 전에 군에 입대하여, 힘든 전투를 여러 차례 거친 뒤에 이제는 유명한 군사령관이 되었다. 역사에서 그의 이름을 어떻게 부르게 될지 알 수 없지만, 그는 군부대와 전장에서 '피와 천둥 장군'이라는 별명을 얻었다.

이 역전의 노장은 나이와 부상으로 허약해졌고, 소란스러운 군대 생활이 지겨워졌으며, 오랫동안 그의 귓가에서 맴돌았던 군대 북의 둥둥 소리와 트럼펫의 찢어지는 소리를 견디기 어려워했다. 그리하여 최근에 어릴 때 떠났던 고향 계곡으로 돌아가 노후의 안식을 누리고 싶다는 뜻을 밝혔다. 마을 주민들과 장군의 옛 이웃들과 그 자녀들은 축포 행사와 공식 만찬으로 이 유명한 전사를 환영하기로 결정했다. 그리고 마침내 큰 바위 얼굴을 닮은 사람이 나타났다고 전보다 더 열광적인 목소리로 외쳐 댔다.

피와 천둥 장군의 부관은 그 계곡 일대를 여행하다가 그 유사성에 깊은 인상을 받았다는 말을 한 것으로 전해졌다. 더욱이 장군의 학교 동창들과 어릴 적 친구들은 과거를 회상하더니 장군은 소년 시절에도 이미 큰 바위 얼굴을 닮았었고, 진작 그런 생각을 하지 못해 아쉽다면서 법원에 나가 맹세라도 할 수 있다고 입을 모아 말했다.

그리하여 계곡 일대에는 커다란 흥분이 퍼져 나갔다. 벌써 여러 해 동안 큰 바위 얼굴을 쳐다보지도 않던 많은 사람들이 일부러 시간을 내어 그 얼굴을 쳐다보곤 했다. 이는 오로지 피와 천둥 장군의 모습을 그 얼굴에서 추측하기 위해서였다.

커다란 축제의 날에 어니스트는 계곡의 다른 사람들과 함께 일터를 떠나서 숲속의 향연을 준비하는 장소로 갔다. 그가 가까이 다가가니 닥터 배틀블라스트 목사가 커다란 목청을 높이 돋우면서 사람들 앞에 놓인 음식들을 축복하면서, 그 명예로운 음식을 차린 목적인 위대한 평화의 친구에게 축복하고 있었다. 식탁들은 숲속의 빈터에 마련되어 있었고, 공터 주위로는 나무들이 빽빽하게 들어차 있었으며, 오로지 동쪽으로만 숲이 터져 있어서 저 멀리 큰 바위 얼굴의 모습이 보였다. 장군이 앉은 의자는 워싱턴에서 가져온 유물로, 의자 윗부분은 월계수를 섞어 넣어 만든 초록색 아치로 꾸며졌고 그 나뭇가지 위에는 장군이 전쟁에서 승리할 때마다 휘날렸던 국기가 꽂혀 있었다.

우리의 친구 어니스트는 이 유명한 손님을 좀 더 잘 보기 위하여 발꿈치를 들면서 고개를 내밀었다. 하지만 식탁 주위에는 건배와 축하의 말을 듣기 위하여, 또 장군이 대답하는 말을 듣기 위하여 아주 많은 사람들이 모여 있었다. 그리고 경비대 역할을 하기 위해 소집된 지원병 중대는 군중들 중에서 아주 조용하게 있는 사람을 향해 무례하게도 총검을 찔러 대는 시늉을 했다. 그리하여 온순한 성격의 어니스트는 뒷전으로 밀려나, 과거에 피와 천둥 장군이 전장으로 떠나 있었을 때와 마찬가지로 장군의 모습은 전혀 볼 수 없었다. 그는 위로를 얻기 위해 큰 바위 얼굴 쪽으로 고개를 돌렸다. 그 얼굴은 오래 기억되는 충실한 친구처럼 어니스트를 내려다보며 숲 속의 트인 길로 미소를 보내 주었다.

한편 그는 여러 사람들이 하는 말을 엿들을 수 있었다. 그들은 전쟁 영웅의 얼굴을 저 먼 산비탈의 얼굴과 비교했다.

"머리카락 한 올까지 똑같은 얼굴이로군!"

한 남자가 기뻐서 깡충깡충 뛰면서 말했다.

"정말 똑같아. 틀림없는 사실이야!"

다른 사람이 화답했다.

"그래, 저건 말이야, 엄청나게 큰 거울에 비친 피와 천둥 장군이군!"

세 번째 사람이 외쳤다.

"정말 똑같다니까. 장군이야말로 이 시대와 다른 시대를 통틀어 가장 위대한 인물이지. 그건 의심할 나위가 없어."

이어 세 사람은 커다란 함성을 내질렀고 그것이 군중에게 전기가 흐르는 듯한 흥분을 안겨 주어 일천 개의 축하 함성을 이끌어 냈다. 그 함성은 계곡의 산간 지대 속에서 수 마일이나 퍼져 나갔고 마침내 큰 바위 얼굴이 그 함성 속에 천둥의 숨결을 불어넣는 듯한 느낌이 들었다. 이러한 엄청난 열광은 우리의 친구를 더욱 궁금하게 만들었다. 이제 마침내 큰 바위 얼굴과 똑같은 얼굴을 가진 사람을 만나게 되었다는 것을 의심하지 않았다.

어니스트는 이 오래 기다려 온 사람이 평화를 사랑하는 인물로 등장하여 지혜를 말하고 선행을 실천하며 사람들을 행복하게 만드는 일에 힘쓸 것이라고 상상했다. 그는 평소 습관처럼 확고하면서도 모든 것을 좋게 바라보는 마음을 발휘하면서, 하느님은 그분 나름으로 인류에게 축복을 내리는 독특한 방식을 선택하셨다고 생각했다. 하느님의 신비한 지혜가 그렇게 하는 것이 옳다고 생각하신다면, 인류의 축복이라는 커다란 목적이 전쟁터를 누빈 전사와 피 묻은 칼에 의해서도 달성될 수 있다고 보았다.

"장군 만세! 장군 만세!"

이제 사람들이 외쳐 댔다.

"조용히 해요! 입을 다물어요! 피와 천둥 장군이 곧 연설을 할 테니까."

말 그대로였다. 식사 후 식탁이 정리되고, 장군의 건강을 기원하는 축배를 마시고 난 후, 우렁찬 찬양의 함성 속에서 장군은 군중들에게 인사하기 위하여 자리에서 일어섰다. 어니스트는 장군을 보았다. 장군은 두 개의 반짝거리는 어깨 견장과 화려하게 장식된 목 칼라를 자랑하며 군중들 어깨 위로 솟아올라 와 있었다. 그의 머리 위에는 월계수가 뒤섞인 초록색 나뭇가지가 아치를 이루었고 깃발은 그의 이마에 그늘을 드리울 것처럼 축 처져 있었다! 그리고 숲속으로 난 길을 통하여 큰 바위 얼굴의 모습이 뚜렷이 보였다. 과연 군중들이 말하는 유사성이 있는가?

슬프게도, 어니스트는 그것을 찾을 수 없었다! 전쟁에 찌들고 온갖 풍상을 겪은 얼굴, 정력적이고 강철 같은 의지를 드러내는 얼굴일 뿐이었다. 피와 천둥 장군의 얼굴에는 온유한 지혜, 깊고, 넓고, 부드러운 공감을 찾아 볼 수 없었다. 큰 바위 얼굴이라면 설사 준엄한 명령의 표정을 짓는다 할지라도 좀 더 부드러운 기색으로 그것을 절제했으리라.

"이 사람은 예언 속의 사람이 아니다."

어니스트는 한숨을 내쉬면서 군중들로부터 벗어났다.

"얼마나 더 오래 기다려야 한단 말인가?"

저 먼 산비탈에는 안개가 모여 들었고 큰 바위 얼굴의 장엄하고 위엄 있는 용모가 보였다. 분명 위엄 있는 얼굴이었지만 인자한 표정이었고, 그래서 강력한 천사가 산속에 앉아 그 자신을 황금색과 보라색의 구름 의상으로 감싸고 있는 것 같았다. 어니스트는 그 얼굴을 쳐다보면서 입술은 전혀 움직임이 없지만 온 얼굴에 미소가 퍼져 나가면서 큰 바위 얼굴의 표정이 더욱 환해지고 있다고 생각했다. 그것은 아마도 서쪽으로 넘어가는 햇빛의 효과 때문이었을 것이다. 그 햇빛은 어니스트와 그가 숭배하면서 바라보는 대상 사이에 얇게 퍼져 있는 안개를 부드럽게 녹이고 있었다. 언제나 그러했지만 이 놀라운 친구의 모습은 또다시 어니스트를 희망으로 가득 채웠고, 마치 그가 전에 헛된 희망을 품어 본 적이 없다는 느낌이 들게 했다.

"어니스트야, 걱정하지 말아라."

큰 바위 얼굴은 속삭이는 것처럼 자신의 마음을 털어놓았다.

"걱정하지 말거라, 어니스트야. 그는 언젠가 올 것이다."

더 많은 세월이 신속하고 조용하게 흘러갔다. 어니스트는 여전히 고향 계곡에 살고 있었고 그는 이제 중년의 신사가 되었다. 조금씩 조금씩 사람들이 의식하지 못하는 가운데, 그는 주민들 사이에 알려지게 되었다. 그는 전과 마찬가지로 빵을 벌기 위해 노동을 했고 전에도 그러했던 것처럼 지금도 단순명료한 사람이었다. 하지만 그는 많은 것을 느끼고 생각했으며 인류에게 좋은 일을 하고 싶다는 비세속적인 희망을 위해 많은 시간을 바쳐 왔다. 때로는 그가 천사들과 대화를 나누고 그들의 지혜 일부를 그 자신도 모르게 받아들이는 것 같았다. 그것은 그가 일상생활 중에 실천하는 조용하면서도 사려 깊은 선행에서 잘 드러났고, 그런 인생의 한적한 흐름은 그의 인생 행로 주위에 넓고 푸른 갓길을 만들어 주었다.

어니스트는 비록 이름 없는 사람이었지만, 그가 하루 살아 있으므로 해서 세상은 그 하루만큼 더 살기 좋은 곳이 되었다. 그는 자신의 길에서 벗어나 본 적이 없으며 언제나 이웃에게 축복을 가져다주었다. 그는 거의 의식하지 못하는 가운데 전도사가 되었다. 그의 단순명료한 생각은 그의 손에서 자연스럽게 이루어지는 선행으로 구체화되는 한편, 그의 연설에서도 자연스럽게 흘러나왔다. 그는 진실을 말했고 그 진실은 청중의 생활에 영향을 미쳐 그들을 변화시켰다. 그의 청중들은 이웃이며 다정한 친구인 어니스트가 비범한 사람이라는 것을 의심치 않았다. 그러나 정작 어니스트는 자신이 그런 비범한 사람이라고는 생각하지 않았다. 그러나 시냇물의 조잘거림처럼 그의 입에서 생각이 흘러나왔고, 그것은 그 어떤 인간도 일찍이 말해 본 적이 없는 생각이었다.

시간이 어느 정도 흘러 사람들의 마음이 진정되자, 그들은 피와 천둥 장군의 험악한 인상과 큰 바위 얼굴의 인자한 표정 사이에는 전혀 유사성이 없다는 것을 인정하게 되었다. 그러나 이제 많은 신문 보도와 기사들이 아주 유명한 정치가의 얼굴이 큰 바위 얼굴과 닮았다고 주장하고 나섰다. 그는 개더골드 씨나 피와 천둥 장군과 마찬가지로 계곡 지대 출신이었으나 어린 시절에 이 지역을 떠나 법률과 정치 분야로 진출한 인물이었다.

상인의 부와 전사의 칼은 갖지 못했으나 그는 혀를 갖고 있었고 그 혀는 부와 칼을 합친 것보다 더 힘이 셌다. 그의 웅변 능력은 아주 대단해서, 그가 무슨 말을 하든 청중들은 그 말을 믿을 수밖에 없었다. 그의 말에 따라 옳은 것이 그른 것으로 보였고, 반대로 그른 것이 옳은 것으로 보였다. 그가 마음만 먹으면 그의 혀와 입김을 사용하여 가짜 안개를 만들어 낼 수 있었고 그것으로 환한 자연의 빛을 흐리게 할 수 있었다.

그의 혀는 정말로 마법의 도구였다. 때때로 그것은 천둥처럼 우르렁거렸다. 때로는 아주 달콤한 음악처럼 조잘거렸다. 전쟁의 돌풍인가 하면 평화의 노래였다. 분명 혀에는 심장이 없는데 때로는 심장이 있는 것처럼 보였다. 정말로 그는 경이로운 사람이었다.

그의 혀는 그에게 온갖 상상하기 어려운 성공을 가져다주었다. 그는 정부 청사나 군주와 세력가의 궁정에서 연설을 할 때마다 놀라운 성공을 거두었다. 그리하여 그는 온 세상에 널리 알려진 인물이 되었고 심지어 태평양에서 대서양까지 알려지게 되었다. 그리하여 그의 나라 사람들은 그 혀에 설득되어 그를 대통령으로 선출하기로 마음먹었다. 그렇게 되기 전, 그러니까 그가 유명 인사가 된 직후부터 그의 숭배자들은 그와 큰 바위 얼굴의 유사성을 발견해 냈다. 그 유사성에 너무나 깊은 인상을 받아서 온 나라에서 이 유명한 인사를 가리켜 '큰 바위 피즈'라고 불렀다. 이 별명은 그의 정치적 전망을 아주 밝게 해 주었다. 가톨릭 교계에서 교황이 되자면 별명이 있어야 하듯이, 본명 이외에 별명이 없는 사람치고 대통령이 된 사람이 없었기 때문이다.

그의 친구들은 큰 바위 피즈를 대통령으로 만들기 위해 최선을 다했고 그는 자신의 고향인 계곡 지대 순방을 나섰다. 물론 그는 고향 사람들을 만나 악수를 하고 싶다는 생각밖에 없었고, 자신의 고향 방문이 선거에 미칠 영향은 생각하지도 신경 쓰지도 않았다. 마을은 이 저명한 정치인을 환영하기 위해 엄청난 준비를 했다. 주 경계선부터 그를 영접하기 위해 기병대가 출동했다. 마을 사람들은 하던 일을 잠시 멈추고 연도에 나와서 그가 지나가기를 기다렸다. 이 사람들 중에 어니스트도 있었다. 우리가 앞에서 본 것처럼, 그는 두 번이나 실망했지만, 원래 희망과 자신이 넘치는 성격이었으므로 아름답고 선량한 것이라면 언제든 믿어 줄 준비가 되어 있었다. 그는 늘 가슴을 열어 두면서 높은 곳에서 축복이 내려오면 그것을 받아들일 태세였다. 그래서 전과 마찬가지로 흥분된 상태로 그는 큰 바위 얼굴을 닮은 사람을 보러 갔다.

기병대는 큰길 위를 달려왔다. 엄청난 말발굽 소리와 구름 같은 먼지가 높고 빽빽하게 일어나서 산속의 큰 바위 얼굴은 어니스트의 시야에서 완전히 가려졌다. 동네의 모든 유지들은 말 위에 올라탄 채 거기 기병대 속에 있었다. 제복을 입은 장교들, 연방 하원 의원, 카운티의 경찰서장, 신문사의 편집자들, 옷을 차려입고 말 위에 올라탄 부유한 농부들이 말을 타고 달려왔다. 그것은 정말로 화려한 광경이었다.

기병대의 머리 위로 많은 깃발들이 휘날리고 있었고, 일부 깃발들 위에는 서로 마주 보며 미소를 짓는 것이 꼭 친형제 같은 큰 바위 얼굴과 저명한 정치가의 두 얼굴이 그려져 있었다. 만약 이 그림들이 사실이라면, 두 얼굴은 놀라울 정도로 똑같다는 것을 인정해야 하리라. 그리고 음악대도 있었다는 것을 언급해야겠다. 음악대가 우렁찬 승리의 가락을 뽑아내면 산은 그 음악에 감응하면서 메아리로 화답했다. 경쾌하고 감동적인 그 멜로디는 온 산과 계곡에 울려 퍼졌고, 고향 계곡 구석구석이 이 저명한 손님을 환영하는 목소리를 찾은 것 같았다. 하지만 가장 멋진 효과는 멀리 떨어진 산비탈이 그 음악을 메아리로 되돌려줄 때 생겨났다. 큰 바위 얼굴 자신도 그 우렁찬 코러스에 동참하면서 마침내 예언 속의 인물이 등장했다고 인정하는 듯했다.

그러는 동안 사람들은 모자를 공중으로 던지며 함성을 질렀고 그런 열광은 높은 감염력을 발휘하여 곧 어니스트의 가슴을 뜨겁게 달아오르게 했다. 그도 마찬가지로 모자를 공중에 던지면서 그 어떤 사람보다 커다란 목소리로 소리쳤다.

"위대한 사람 만세! 큰 바위 피즈 만세!"

하지만 어니스트는 아직 그를 보지 못했다.

"그가 온다!"

어니스트 옆에 있던 사람들이 소리쳤다.

"저기! 저기! 큰 바위 피즈를 좀 봐. 그리고 산비탈의 큰 바위 얼굴을 한번 봐. 꼭 쌍둥이 형제 같지 않아!"

이처럼 흥분하는 사람들 옆으로 네 마리의 하얀 말이 끄는 대형 마차가 다가왔다. 그 대형 마차에는 거대한 맨머리를 드러낸 채 저명한 정치가 큰 바위 피즈가 앉아 있었다.

"자, 말해 봐."

어니스트의 이웃이 그에게 말했다.

"큰 바위 얼굴이 마침내 짝을 찾았다고 말이야!"

대형 마차에서 고개를 숙이며 미소 짓고 있는 얼굴을 얼핏 쳐다보니 그 얼굴과 산비탈의 큰 바위 얼굴 사이에는 어떤 유사점이 있는 것 같았다. 넓고 높고 시원한 이마는 다른 이목구비와 마찬가지로 선 굵고 강인한 인상을 풍겼고 산비탈의 티탄 모델과 영웅적으로 경쟁하는 느낌을 주었다. 그러나 아무리 찾아도 부족한 것이 있었다. 큰 바위 얼굴의 숭고함과 장엄함, 거룩한 공감의 웅장한 표정은 그 얼굴을 밝게 하면서도 동시에 무거운 화강암 물질을 공기처럼 가벼운 정신으로 바꾸어 놓는데, 그처럼 물질을 정신으로 바꾸는 영혼의 힘이 큰 바위 피즈에게는 없었다. 원래부터 없었거나 아니면 빠져나간 것이다. 따라서 저 재주 많은 정치가는 그 깊숙한 눈망울에 피곤에 절은 우울함을 감추고 있었다. 그것은 열심히 가지고 놀던 장난감이 재미없어진 아이의 울적함 혹은 엄청난 능력을 가졌으되 목적의식이 별로 없는 어른의 우울함이었다. 그런 사람의 생애는, 높은 목적의식으로 인생의 현실 감각을 확립하지 못하므로, 아무리 뛰어난 업적을 이루었다 할지라도 모호하고 공허한 것이다.

어니스트의 옆 사람은 그의 옆구리에 팔꿈치를 찔러 대며 그의 대답을 재촉했다.

"말해요! 말해요! 저 사람은 산비탈의 큰 바위 얼굴을 빼다 박았다고!"

"아닙니다!"

어니스트는 퉁명스럽게 말했다.

"나는 유사성을 거의 발견하지 못했습니다. 아니 유사성이 없습니다."

"그렇게 말하면 큰 바위 얼굴이 섭섭하지!"

옆 사람이 대답했고, 그는 다시 큰 바위 피즈를 위해 소리를 질렀다.

하지만 어니스트는 우울하게 아니, 절망에 빠져 고개를 돌렸다. 이번 것은 그가 겪은 중에서 가장 슬픈 실망이었다. 예언을 성취할 능력이 있으면서도 그 예언을 현실로 만들 의지가 없는 사람을 보았기 때문이다. 한편 기병대, 깃발들, 음악대, 대형 마차는 그를 스쳐 지나갔고 그 뒤에는 소란스러운 칭송의 함성을 내지르는 군중들만 남았다. 마차들 때문에 솟구친 먼지들이 가라앉자 큰 바위 얼굴이 다시 보였고, 그것은 무수한 세월 동안 한결같은 장엄한 표정을 내보이는 얼굴이었다.

"봐라, 어니스트야, 나는 여기 있단다!"

그 인자한 입술은 이렇게 말하는 것 같았다.

"난 너보다 더 오래 기다렸고 그래도 피곤하지 않단다. 걱정하지 말거라. 그 사람은 언젠가 올 것이다."

세월은 빠르게 흘러갔고 뒷 세월이 앞 세월의 발꿈치를 밟는 듯이 황급하게 지나갔다. 이제 세월은 어니스트의 머리에 흰 머리카락을 가져와 넓게 뿌려 놓았다. 그의 이마에는 인자한 주름이 잡혔고 양 뺨에도 세로로 잔금이 졌다. 하지만 그는 아무런 소득 없이 나이만 먹은 것은 아니었다. 그의 마음속에는 머리 위의 백발보다도 더 많은 현명한 생각들이 들어 있었다. 그의 주름과 잔금은 세월이 새겨 놓은 글씨였고, 어니스트의 일상생활로 검증된 지혜의 표징이었다.

어니스트는 이제 더 이상 이름 없는 사람이 아니었다. 찾아다니지도 바라지도 않았는데, 많은 사람들이 원하는 명성이 그에게 찾아왔고, 그가 조용히 살던 고향 계곡의 울타리를 넘어가 더 큰 세상에 그의 이름이 알려졌다. 대학교수들과 도시의 활동가들이 어니스트와 대화를 나누기 위해 멀리서 찾아왔다. 왜냐하면 그가 비범한 인물이라는 소문이 널리 퍼졌기 때문이다. 이 단순명료한 농부는 다른 사람들과 다르게 많은 지혜를 갖고 있었는데, 그것은 책에서 얻은 게 아니었다. 평온하고 낯익으면서도 장엄한 그 지혜는 높은 곳에서 온 것으로, 그는 천사들을 친구로 삼아 날마다 대화를 나누는 것 같았다.

방문객이 현자든 정치가든 박애주의자든 개의치 않고 어니스트는 소년 시절부터 지녀 온 성실한 태도로 그들을 맞아들였고, 그의 머릿속에서 금방 떠오른 생각, 마음속 깊숙한 곳에 간직되었던 생각 혹은 방문객들의 생각에 대하여 자유롭게 말했다. 이렇게 대화를 하는 동안 그의 얼굴은 그도 모르게 밝게 빛나면서 마치 부드러운 저녁 햇살처럼 방문객의 얼굴을 비추었다. 방문객들은 그와 나눈 의미 깊은 대화를 마음속 깊이 새기면서 그를 떠나갔다. 그들은 돌아가는 길에 걸음을 멈추고 큰 바위 얼굴을 쳐다보면서, 저런 얼굴을 가진 사람을 만난 것 같다고 언뜻 생각하면서도 그게 어디였는지 잘 기억하지 못했다.

어니스트가 노인이 되어 갈 무렵 선량하신 하느님께서는 이 나라에 새로운 시인을 선물하였다. 그 시인 또한 이 계곡 출신으로, 이 낭만적인 고향으로부터 멀리 떨어진 곳에서 생애의 대부분을 보내면서, 도시의 소음과 소란 속에서 감미롭고 아름다운 음악을 계속 씨 냈다. 종종 그가 어린 시절에 자주 보았던 낯익은 산들이 청명한 분위기를 자랑하는 그의 시 속에서 눈 덮인 이마를 쳐들곤 했다. 시인은 큰 바위 얼굴을 잊은 적이 없었다. 장엄한 시에서 그 얼굴을 칭송했는데, 너무나 웅장하고 신비하여 마치 큰 바위 얼굴이 입술을 움직여 직접 말하는 것 같았다.

이 천재적인 시인은 놀라운 재주를 갖추고 하늘로부터 뚝 떨어진 사람이었다. 그가 어떤 산에 대하여 노래를 부르면 모든 사람의 눈은 산의 가슴속에 깃든 장엄함을 직접 보고 또 그 산꼭대기로 정신이 날아오르는 것을 느꼈다. 사람들은 그 산을 직접 보았을 때보다 더 깊은 감동을 받았다. 시인이 다루는 주제가 아름다운 호수라면 천상의 미소가 그 위에 내리비추어 수면 위에서 반짝거리는 것이었다. 만약 그 주제가 넓고 오래된 바다라면, 그 노래의 정서에 감동을 받아서 그 바다도 깊고 무서운 가슴을 열면서 높게 솟구쳤다. 이렇게 하여 세상은 시인의 행복한 눈빛을 받은 그 시간 이후부터 전과는 다른 더 좋은 모습을 띄게 되었다. 창조주는 자신의 작품에 대한 마지막 손질로서 이 시인을 지상에 내려 주었다. 천지 창조는 이 시인이 그것을 해석하여 완성할 때까지는 완료되지 않은 것이다.

시인이 사람들을 주제로 다룰 때에도 그 효과는 자연 풍경 못지않게 감동적이고 아름다웠다. 인생의 때가 묻어 더러워진 채로 시인의 산책로를 오가는 남녀, 그 길에서 장난을 하는 어린아이들도, 시인이 시적 진실이 가득한 눈빛으로 바라보기만 하면 영광스러운 존재가 되었다. 시인은 인간들을 친척인 천사들에게 연결시켜 주는 위대한 사슬의 황금 연결 고리를 보여 주었다. 그는 인간이 천상에서 온 존재라는 숨겨진 특징을 찾아냄으로써 인간과 천사의 친척 관계를 밝혔다. 어떤 사람들은 자연 세계의 아름다움과 존엄함이 시인의 환상 속에서만 존재한다고 주장함으로써 자신들이 제법 판단을 내릴 줄 안다는 걸 과시하려 들었다. 이런 사람들은 실은 헛된 환상 속에서 살고 있는 자신의 얘기를 하고 있는 것이다.

자연은 쓸쓸하고 경멸하는 심정으로 그들을 창조했으며, 하찮은 것들을 모두 만든 후에 남은 쓰레기 물질을 뒤섞어서 만들어 낸 자들이 바로 환상 운운하는 그런 자들이다. 이런 자들을 제외한 모든 피조물에 대하여, 시인은 아주 높은 진실을 이상적으로 노래했다.

이 시인의 노래들은 어니스트의 손에까지 들어갔다. 그는 하루 일과가 끝난 후에 오두막집 앞의 벤치에 앉아서 그 시들을 읽었다. 그 벤치는 지난 오랜 세월 동안 그가 큰 바위 얼굴을 바라보면서 깊은 생각에 잠겨 휴식을 취해 온 곳이다. 이제 그는 자신의 영혼을 전율케 하는 그 시들을 읽으면서 고개를 들어 인자하게 미소 짓고 있는 거대한 큰 바위 얼굴을 쳐다보았다.

"오, 장엄한 친구여."

그는 큰 바위 얼굴에게 말을 걸며 중얼거렸다.

"이 시인이야말로 당신을 닮은 사람이 아닐까요?"

큰 바위 얼굴은 미소를 짓는 듯했지만 대답하지 않았다. 그 시인은 아주 멀리 떨어진 곳에 살았지만 어니스트의 소문을 들었을 뿐만 아니라 그 인품에 대해서도 깊이 흠모하고 있었다. 시인은 마침내 어니스트를 만나 보고 싶다는 생각을 했다. 어니스트가 독학으로 얻은 지혜와 고귀하고 단순명료한 생활이 함께 손잡고 간다는 얘기를 들었기 때문이다. 그래서 어느 여름날 아침 어니스트의 오두막에서 그리 멀지 않은 곳으로 기차를 타고 왔다. 한때 개더골드 씨의 궁전이었으나 지금은 호텔이 된 건물이 철도역 근처에 있었으나 시인은 여행 가방을 손에 들고서 어니스트가 사는 곳을 물었다. 그는 어니스트의 집에 손님으로 묵을 생각이었다. 그 집 문 앞으로 다가가면서 시인은 그 선량한 노인을 발견했다. 노인은 책을 손에 들고 있었고, 책을 읽은 후, 페이지들 사이에 손가락을 끼고서 경배하는 표정으로 큰 바위 얼굴을 쳐다보았다.

"안녕하십니까?"

시인이 말했다.

"길손에게 하룻밤 잠자리를 제공해 주실 수 있겠는지요?"

"물론이죠."

어니스트가 대답했고 이어 이렇게 말했다.

"내 생각에 큰 바위 얼굴이 낯선 손님을 이처럼 환대하는 것을 본 적이 없는 것 같습니다."

시인은 벤치에 노인과 함께 앉았고 두 사람은 대화를 나누기 시작했다. 시인은 재치와 지혜가 많은 사람들과 전에 교제를 해 보았지만 어니스트 같은 사람은 만나 보지 못했다. 그의 생각과 느낌은 아주 자연스럽게 솟구쳐 올랐고 위대한 진리를 아주 쉽게 말하여 그것을 낯익은 것으로 만들었다. 앞에서도 여러 번 얘기했지만, 천사들이 그와 함께 들판에서 일을 하는 것 같았고, 어니스트 집 안의 난로 옆에 그와 함께 앉아 있는 듯했다. 천사들을 친구 삼아 살아가고 있었으므로 어니스트는 천사들의 숭고한 생각을 그대로 물려받아서, 남들에게 얘기해 줄 때에는 아름답고 친근한 일상 언어로 바꾸어 말해 주는 것 같았다. 시인은 그와 대화를 나누면서 이렇게 생각했다. 한편 어니스트는 그 시인이 마음에서 쏟아내는 살아 있는 이미지들에 감동받고 동요되었다. 그 이미지들은 유쾌하면서 명상적인 아름다움의 모습들을 오두막집의 공기 속에다 가득 채워 주었다. 두 사람의 공감은 혼자서 성취할 수 있는 것보다 더 심오한 가르침을 두 사람에게 주었다. 그들의 마음은 하나의 가락으로 합쳐져서 상쾌한 음악이 되었고, 그들 중 누구도 그것을 자신의 음악이라고 주장하지 못했고 또 자신의 몫이 어느 정도 되는지 알아낼 수 없었다. 그들은 말하자면 서로서로 인도하여 높은 생각의 누각으로 올라갔고, 그 높이는 너무나 멀고 까마득하여 그들이 일찍이 도달해 보지 못한 경지였다. 그리고 누각의 풍경이 너무 아름다워 그들은 영원히 그곳에 머무르고 싶었다.

  어니스트는 시인의 말에 귀 기울이면서 큰 바위 얼굴도 그 말을 듣기 위해 고개를 내민다고 상상했다. 그는 시인의 밝게 빛나는 눈을 진지하게 쳐다보았다.

  "기이한 재주를 가진 낯선 손님이여, 당신은 누구입니까?"

  그가 물었다.

  시인은 어니스트가 읽고 있던 책 위에 손을 내려놓았다.

"당신은 이 시들을 읽고 있었습니다."

그가 말했다.

"그렇다면 당신은 나를 압니다. 내가 그 시를 썼으니까요."

어니스트는 전보다 더 진지하게 시인의 얼굴을 살펴보았다. 이어 큰 바위 얼굴에 시선을 주었다가 다시 시인을 쳐다보면서 불확실한 표정을 지었다. 곧 그의 고개가 숙여졌다. 그는 머리를 흔들면서 한숨을 내쉬었다.

"왜 그렇게 슬퍼하십니까?"

시인이 물었다.

"왜냐하면……."

어니스트가 대답했다.

"평생 동안 나는 예언의 성취를 기다려 왔습니다. 그런데 당신의 시들을 읽으면서 그 예언이 당신에 의해 성취되지 않을까 생각했습니다."

"당신은……."

시인이 희미하게 미소 지으며 말했다.

"내게서 큰 바위 얼굴과 같은 얼굴을 찾으려 했군요. 그런데 전에 개더골드 씨, 피와 천둥 장군, 큰 바위 피즈의 경우와 마찬가지로 실망했군요. 그렇습니다, 어니스트. 그건 나의 나쁜 운명입니다. 내 이름을 앞에 나온 유명한 세 사람에게 추가하고 당신의 희망이 또 다른 실패를 맛보았다고 기록하십시오. 어니스트, 나는 부끄러움과 슬픔을 무릅쓰고 솔직하게 말하겠습니다. 나는 저 멀리 인자하고 장엄하게 빛나는 얼굴에 비교될 만한 사람이 아닙니다."

"왜요?"

어니스트가 물었다. 그는 시집을 가리켰다.

"이 책 속에 기록된 생각들은 신성하지 않습니까?"

"그 시들은 신성한 가락을 가지고 있습니다."

시인이 대답했다.

"당신은 그 시에서 천상에서 부르는 노래의 희미한 메아리를 들을 수 있습니다. 하지만 사랑하는 어니스트, 나의 생활은 나의 생각과 일치하지 않습니다. 나는 나 스스로 선택하여 가난하고 척박한 현실 속에서 살아왔습니다. 때때로 나는—이런 말을 해도 될는지 모르겠습니다만—장엄함, 아름다움, 선량함에 대하여 회의감을 느낍니다. 내 시들이 자연과 인간 생활 속에서 발견한 저 고귀한 감정들 말입니다. 그러니 진선미를 추구하는 선량한 어니스트여, 왜 당신은 내게서 저 산비탈의 신성한 이미지를 발견하려는 것입니까?"

시인은 슬픈 목소리로 말했고, 그의 두 눈은 눈물이 쏟아져 흐릿해졌다. 어니스트 또한 눈물이 고였다.

해 질 무렵에 어니스트는 지난 오랜 세월의 습관을 따라, 야외에서 이웃 주민들을 상대로 연설을 하게 되어 있었다. 그와 시인은 팔을 맞잡고 다정하게 얘기를 나누며 그 장소로 걸어갔다. 그곳은 언덕들로 둘러싸여 있는 자그마한 빈터였다. 그 뒤에는 회색의 절벽이 있었고 덩굴 식물들의 잎사귀들이, 이런저런 아슬아슬한 각도에서 꽃 줄처럼 늘어져 있어서 그 근엄한 암벽을 태피스트리처럼 장식했다.

땅에서 약간 솟아오른 지점에 풍성한 나뭇잎으로 장식된 자그마한 공간이 있었다. 그곳은 사람 하나가 들어가서 자신의 진지한 생각과 진정한 감정에 따라 자유롭게 움직일 수 있는 공간이었다. 어니스트는 이 천연으로 만들어진 설교단으로 올라가서 주위의 청중들에게 평소와 같이 인자한 표정을 지어 보였다. 사람들은 각자의 취향에 따라 풀밭에 서 있거나 앉아 있거나 비스듬히 누워 있었다. 석양의 햇빛은 그들 위로 비스듬히 떨어지면서 그 은은하고 쾌활한 분위기로 깊은 숲속의 적막한 분위기를 누그러트렸다. 황금 햇살은 나뭇가지들 사이로 혹은 밑으로 힘들게 통과했다. 또 다른 방향으로는 큰 바위 얼굴이 보였다. 여전히 쾌활하고 엄숙하면서도 인자한 표정이었다.

어니스트는 연설을 시작했고 그의 마음과 정신 속에 있는 것들을 사람들에게 털어놓았다. 그의 말은 생각과 일치했기 때문에 힘이 있었다. 그의 생각은 그가 지금껏 살아온 인생과 조화를 이루었기 때문에 구체성과 심오함이 있었다. 이 전도사가 말하는 것은 단순히 목구멍에서 올라오는 숨결이 아니었다. 그의 말에는 선행과 성스러운 사랑이 함께 녹아 있었기 때문에 생명의 말이었다. 마치 순수하고 풍요로운 진주들이 이 생명의 물에 녹아 있는 것 같았다. 시인은 그의 연설을 들으면서 어니스트의 존재와 인품이 자신이 쓴 그 어떤 시들보다 더 고귀한 노랫가락이라고 느꼈다. 그의 두 눈은 눈물로 번들거렸다. 그는 이 존엄한 사람을 우러러보면서 저 온화하고 다정하고 사려 깊은 얼굴이야말로 그 어떤 사람보다 더 예언자와 성자다운 모습이라고 혼자서 중얼거렸다. 저 멀리서 넘어가는 황금빛 속에서 고고하게 솟아 있는 큰 바위 얼굴의 모습이 뚜렷하게 보였다. 그 얼굴 주위를 감도는 안개는 어니스트의 이마 위로 내려온 백발 같아 보였다. 그 장엄한 자비의 얼굴은 온 세상을 포용하는 듯했다.

그 순간 시인이 막 말하려는 생각에 공명이라도 하듯이, 어니스트의 얼굴은 자비로움이 가득한 장엄하고 위엄 있는 표정이 되었다. 시인은 억누를 수 없는 충동에 이끌려 양팔을 공중 높이 쳐들면서 소리쳤다.

"보세요! 보세요! 어니스트야말로 큰 바위 얼굴의 판박이입니다!"

그러자 모든 사람이 바라보았고 통찰력 깊은 시인의 말이 진실임을 알아보았다.

　예언은 성취되었다. 하지만 어니스트는 자신이 하려던 말을 다 마치자 시인의 팔을 잡고서 집 쪽으로 걸어갔다. 그는 자신보다 더 현명하고 더 선량한, 큰 바위 얼굴을 닮은 사람이 언젠가 나타날 것이라는 희망을 여전히 마음속에 간직하고 있었다.

젊은 굿맨 브라운

Nathaniel Hawthorne

젊은 굿맨[+] 브라운은 해 질 녘에 세일럼 마을의 거리로 나섰다. 그는 집을 나서면서 젊은 아내와 작별 키스를 나누기 위해 고개를 돌렸다. 아내의 이름은 페이스였는데, 그녀 자신과 씩 잘 어울리는 이름이었다. 그녀는 예쁜 얼굴을 거리 쪽으로 내밀면서 굿맨 브라운을 불렀다. 그녀의 모자에 달린 분홍색 리본이 바람에 흔들리고 있었다.

"사랑하는 당신."

자신의 입술을 남편의 귀에 대며 그녀는 부드러우면서도 다소 슬픈 목소리로 말했다.

"제발 해가 뜰 때까지 당신의 여행을 미루고 오늘 밤은 따뜻한 침

[+] **굿맨**: 자작농 신분의 사람에 대한 경칭.

대에서 주무세요. 외로운 여인은 이런저런 꿈과 생각으로 너무도 심란하여 때로는 자기 자신마저도 무서워진답니다. 사랑하는 남편이여, 한 해의 많고 많은 밤 중에서 제발 오늘 밤만은 나와 함께 머물러 주세요."

"나의 사랑, 나의 페이스."

젊은 굿맨 브라운이 대답했다.

"한 해의 많고 많은 밤 중에서 오늘 밤만은 당신에게서 떠나가야 한다오. 당신이 말한 나의 여행은 지금 이 시간과 해 뜰 녘 사이에 다녀와야 해요. 난 다시 돌아올 거요. 저런, 나의 사랑하는 아름다운 아내여, 당신은 벌써 나를 의심하는 거요? 이제 결혼한 지 겨우 석 달인데……."

"당신에게 하느님의 축복이 있기를!"

페이스가 말했고, 그녀의 분홍색 리본이 흔들렸다.

"당신이 여행에서 돌아와 모든 것이 제대로 되어 있다고 생각했으면 좋겠어요."

"아멘!"

굿맨 브라운이 소리쳤다.

"사랑하는 페이스, 나를 위해 기도해 줘요. 해가 떨어지면 잠자리에 들어요. 그러면 당신에게는 아무 피해가 없을 거요."

이렇게 부부는 헤어졌다. 젊은이는 앞으로 걸어가다가 교회 옆의 모서리 길을 돌면서 뒤를 돌아다보았다. 그를 지켜보고 있는 페이스의 얼굴이 보였다. 모자에 분홍 리본을 두르고 있었지만 우울한 표정이었다.

"불쌍한 페이스!"

그는 가슴이 아파서 이렇게 말했다.

"아내를 저렇게 혼자 내버려두다니 나는 얼마나 비참한 사람인가! 아내는 꿈에 대해서도 말했지. 아까 작별 인사를 할 때 심란한 얼굴이었어. 꿈속에서 오늘 밤 무슨 일이 벌어질지 사전 경고를 받았나 봐. 아니야, 아니야. 그런 꿈을 생각하는 건 그녀에게 너무나 괴로운 일이야. 아무튼 그녀는 지상의 축복받은 천사야. 이 하룻밤만 지나고 나면 나는 아내의 스커트에 매달려 살면서 아내를 따라 천국에 갈 거야."

미래에 대하여 이런 훌륭한 결심을 하면서 굿맨 브라운은 현재의 사악한 목적을 빨리 해치우자는 생각이 더욱 타당하다고 느꼈다. 그는 무서운 길로 접어들었다. 숲속에서도 가장 음울한 나무들로 이루어진 어두운 길이었다. 숲이 너무 빽빽하여 비좁은 길이 그 안으로 겨우 기어들어 가는 형상이었다. 그 길로 들어서니 그가 걸어온 길이 바로 뒤에서 닫히는 것 같았다. 정말 말할 나위 없이 적막한 길이었다. 이 적막함 속에는 어떤 독특함이 있었고 그래서 여행자는 그 무수한 나무줄기들과 머리 위의 빽빽한 나뭇가지들이 어떤 사람을 숨기고 있는지 알 수가 없었다. 굿맨 브라운은 외로운 걸음걸이를 떼어 놓으며 보이지 않는 다수(多數) 사이로 걸어가는 느낌이었다.[+]

"저 나무들 뒤에는 악마 같은 인디언이 있을지 몰라."

굿맨 브라운은 혼자 중얼거렸다. 그는 겁먹은 눈빛으로 뒤돌아보면서 덧붙여 말했다.

"악마가 내 팔꿈치 바로 곁에 와 있으면 어쩌지!"

그는 다시 머리를 돌려 휘어진 길을 지나가며 앞을 주시했다. 그리고 어떤 고목 밑에 앉아 있는 엄숙하고 단정한 복장의 남자를 보았다. 그는 굿맨 브라운이 다가오자 일어서더니 그와 함께 나란히 걸어갔다.

"늦었군, 굿맨 브라운."

그가 말했다.

"내가 보스턴을 통과할 때 올드 사우스 교회가 종을 쳤지. 그게 15분 전이었어."[++]

"페이스 때문에 잠깐 지체되었어요."

젊은이는 길동무의 갑작스러운 등장에 약간 떨리는 목소리로 말

[+] 마가복음 5장 9절에서 예수님이 마귀들에게 네 이름이 무엇이냐고 묻자 "많음[다수]"이라고 답하는 구절이 나오는데, 여기서 다수는 곧 마귀를 가리키고, 이 숲은 마귀들이 모이는 숲이 된다.
[++] 보스턴과 세일럼 마을의 거리는 26킬로미터다. 이 거리를 15분 만에 왔다는 것은 초자연적 능력을 암시한다.

했다. 하지만 그 사람의 등장을 전혀 기대하지 않은 것은 아니었다.

숲속은 이제 아주 깜깜했고, 이 두 사람이 여행하는 곳은 그중에서도 가장 어두운 곳이었다. 겉보기에 길동무는 쉰 살 정도 되었고, 굿맨 브라운과 같은 사회적 계급이었으며, 그와 상당히 비슷한 데가 있었다. 하지만 용모보다는 분위기가 더 유사했으므로 아버지와 아들로 보여질 수도 있었다. 나이 든 길동무는 복장이나 태도가 젊은 사람처럼 소박했으나, 세상 물정을 상당히 잘 아는 듯한 야릇한 인상을 풍겼다. 어떤 긴급 상황이 발생하여, 주지사의 만찬장이나 윌리엄 왕의 궁정에 가게 된다고 하더라도 전혀 주눅 들지 않을 성싶은 사람이었다. 하지만 그의 신상에 가장 특기할 만한 것은 그가 들고 있는 지팡이였다. 커다란 검은 구렁이를 닮은 형상이었는데, 너무나 기이하게 구부러져 있어서 마치 살아 있는 뱀처럼 똬리를 틀거나 꿈틀거리는 듯했다. 이것은 물론 숲속의 흐릿한 빛 때문에 벌어지는 시각적 착각일 수도 있었다.

"자, 굿맨 브라운."

길동무가 말했다.

"이거 여행의 시작치고는 속도가 좀 느린데. 이제 곧 피곤해질지 모르니 내 지팡이를 잡게."

"친구여."

젊은이가 걸음을 늦추더니 완전히 멈춰 서며 말했다.

"당신을 여기서 만나겠다는 약속을 지켰으니 나는 이제 내가 떠나온 곳으로 돌아가려 합니다. 당신이 잘 아는 그 일에 나는 끼어들고 싶지 않습니다."

"그래?"

뱀같이 생긴 지팡이를 쥔 사람이 미소를 지으며 말했다.

"그럼 걸어가면서 생각해 보기로 하지. 만약 내가 자네를 설득하지 못한다면 돌아가도 좋아. 우린 이제 겨우 숲속으로 약간 들어왔을 뿐이니까."

"너무 깊숙이 들어왔어요! 너무 깊숙이!"

굿맨 브라운이 무의식적으로 발걸음을 떼어 놓으며 말했다.

"나의 아버지는 이런 일로 숲속에 들어온 적이 없어요. 아버지의 아버지 또한 마찬가지였어요. 우리는 영국에서 순교를 당한 이래 정직하고 선량한 기독교인 가문이었습니다. 나는 브라운 가문의 사람으로는 최초로 이 길로 걸어 들어와 이런……."

"이런 사람들과 어울리게 되었다는 말이지?"

나이 든 길동무가 불쑥 끼어들며 그의 말을 대신 끝냈다.

"말 잘했네, 굿맨 브라운! 나는 다른 청교도 가문들을 잘 아는 것처럼 자네 집안에 대해서도 잘 알지. 이건 사소한 얘기가 아니야. 난 경찰관이었던 자네 할아버지가 세일럼 거리에서 퀘이커 교도 여자를 채찍질하는 걸 도와주었지. 자네 아버지가 필립 왕 전쟁 중에 인디언 마을에 불을 지를 때, 우리 집 벽난로에서 관솔불을 꺼내어 자네 아버지에게 가져다주었어. 자네 할아버지와 아버지는 나의 좋은 친구들이었지. 우리는 이 길을 여러 번 유쾌하게 걸어갔고, 자정 이후에는 즐겁게 돌아왔지. 과거에 이런 일도 있었고 하니 자네와는 기꺼이 친구가 되어 주지."

"만약 당신 말이 사실이라면……."

굿맨 브라운이 대답했다.

"그분들이 이 일에 대하여 말씀하지 않은 것이 좀 놀랍군요. 아니, 놀랄 일도 아니에요. 정말이지 그런 일이 있었다는 희미한 소문만 번져 나가도 두 분은 뉴잉글랜드에서 쫓겨났을 겁니다. 우리는 늘 기도드리고 또 좋은 일을 해 온 집안이라 이런 사악한 일은 하지 않습니다."

"사악하든 말든."

구부러진 지팡이를 든 여행자가 말했다.

"나는 여기 뉴잉글랜드 사람들을 많이 알고 있어. 여러 교회의 집사들이 나와 함께 성찬식 포도주를 마셨고, 여러 마을의 시 의원들이 나를 그들의 위원장으로 뽑았다네. 주 의회의 의원들 대부분이 나의 관심사를 든든하게 지원해 주었고, 주지사와 나는 음······ 하지만 이건 주 정부의 비밀이니 이쯤 해 두세."

"그게 사실이에요?"

굿맨 브라운이 놀라는 눈빛으로 침착한 길동무를 쳐다보며 소리쳤다.

"그렇다 해도 주지사와 주 의회는 나와 아무런 상관도 없어요. 그들은 그들 나름의 방식이 있고 나같이 평범한 농부에게는 규범이 되지 못합니다. 만약 내가 당신을 따라간다면 선량한 노인이며 우리 세일럼 마을의 행정관인 그분의 두 눈을 어떻게 똑바로 쳐다볼 수 있겠습니까? 아, 그분의 목소리는 안식일과 강론일에 나를 부들부들 떨게 만들 겁니다."

지금까지 나이 든 여행자는 엄숙한 표정으로 이야기를 듣고 있었다. 하지만 이제 너무 재미있어 죽겠다는 듯 발작적인 웃음을 터트렸고, 몸을 너무 거세게 흔들어 대는 바람에 뱀 같은 지팡이도 공감하듯이 꿈틀거렸다.

"하! 하! 하!"

그가 계속 웃음을 터트렸다. 이어 진정하더니 이렇게 말했다.

"굿맨 브라운, 계속 말해 보게. 계속하라고. 하지만 나를 웃겨서 죽일 생각은 하지 마."

"좋아요. 그럼 이 문제를 즉시 끝내도록 하겠습니다."

굿맨 브라운이 상당히 불쾌해하며 말했다.

"내 아내 페이스도 생각해야지요. 이 일은 사랑하는 아내의 가슴을 아주 아프게 할 겁니다. 차라리 내가 아픈 게 낫지요."

"그런 사정이라면."

그가 말했다.

"굿맨 브라운, 자네의 길을 가도록 하게. 우리 앞에서 어정거리며 걸어가는 저 노파 스무 명보다 페이스 한 사람이 훨씬 낫지. 나도 그녀에게 고통을 안겨 주는 것은 싫네."

그는 지팡이를 들어 길 앞 쪽에서 걸어가는 한 여인의 모습을 가리켰다. 굿맨 브라운은 그녀가 아주 경건하고 모범적인 부인이라는 것을 알아보았다. 그 부인은 어린 브라운에게 교리 문답을 가르쳤고, 지금도 구킨 집사와 함께 그의 도덕적, 영적 조언자로 활동하는 사람이었다.

"이거 정말 놀라운데요. 구디 클로이스가 심야에 이렇게 깊은 숲속을 걸어가다니."

굿맨 브라운이 말했다.

"친구여, 당신만 괜찮다면 나는 이 숲속의 지름길로 걸어가 저 기독교인 여인보다 앞에 서고 싶습니다. 그녀는 당신을 잘 모르니까 같이 가다가는 내가 누구랑 어울려 어디로 가고 있는지 물어볼지 몰라요."

"그렇게 하지."

동료 여행자가 말했다.

"자네는 숲으로 가게. 나는 길로 갈 테니."

그리하여 젊은이는 옆으로 물러서서 길동무를 살폈다. 그는 길을 따라 부드럽게 걸어가 노부인과의 거리가 이제 지팡이 하나 정도로 가까워졌다. 그녀는 노부인치고는 빠른 걸음으로 열심히 길을 걸어가면서 뚜렷하지 않은 말들―아마도 기도―을 중얼거렸다. 나이 든 길동무는 지팡이를 내밀어 뱀 꼬리 같아 보이는 부분으로 노부인의 주름진 목을 살짝 건드렸다.

"악마!"

경건한 노부인이 비명을 질렀다.

"구디 클로이스가 오랜 친구를 알아본다는 말씀?"

여행자가 그녀를 마주 보고 꿈틀거리는 지팡이에 몸을 기대며 말했다.

"아, 정말로 당신이십니까?"

노부인이 말했다.

"아, 정말로 당신이로군요. 나의 오랜 친구, 저 어리석은 젊은이의 할아버지인 굿맨 브라운의 모습을 하고 계시군요. 하지만 무슨 이런 일이 있어요? 이상하게도 내 빗자루가 사라졌어요. 아직 교수형을 당하지 않은 저 마녀 구디 코리가 훔쳐 간 것 같아요. 내가 야생 셀러리즙, 양지꽃, 늑대의 즙을 온몸에 바른 그 순간에 말이에요."✝

"고운 밀가루와 신생아의 지방을 함께 섞은 거 말인가?"

굿맨 브라운의 할아버지 모습을 한 자가 말했다.

"아, 당신은 그 처방을 알고 계시는군요."

노부인이 깔깔 웃으며 크게 말했다.

"방금 말씀드린 것처럼 모임에 참석할 준비가 되었는데 타고 갈 말이 없어서 걸어가야겠다고 결심했어요. 오늘 밤에 멋진 젊은이가 성찬식에 나올 거라고 사람들이 그러던데. 저에게 당신 팔을 빌려주신다면, 우리는 금방 그곳에 도착할 텐데요."

"그건 안 돼."

그녀의 친구가 말했다.

"구디 클로이스, 당신에게 내 팔을 빌려줄 수는 없어. 하지만 원한다면 여기 내 지팡이를 가져가."

그렇게 말하면서 그는 지팡이를 그녀의 발밑에 던졌다. 그 지팡이는 곧 살아 있는 생물이 되어 꿈틀거렸다. 그가 왕년에 이집트 마법사들에게 빌려주었던 막대기들 중 하나였다.✢✢ 하지만 이런 사실에 대하여 굿맨 브라운은 인식하지 못했다. 그는 놀라서 쳐다

✢ 중세 시대에 마녀는 빗자루를 타고 하늘을 날아가는 축지술을 쓴다고 믿어졌다. 사라 클로이스는 1692년 마녀 재판 때 호손의 조상, 존 호손 판사의 판결로 교수형에 처해진 여자로서 세일럼 마녀 재판의 핵심 인물이다. 마사 코리도 1692년에 마녀로 지목되어 교수형을 당했다.
✢✢ 출애굽기 7장 11~12절에 나오는 마법사. 브라운의 할아버지 모습을 한 이 길동무가 마귀임을 암시한다.

보았으나 이내 다시 내리깔았고, 구디 클로이스도 뱀처럼 생긴 지팡이는 보지 않고 오로지 길동무만 쳐다보았다. 그는 마치 아무 일도 없었다는 듯이 조용히 브라운을 기다리고 있었다.

"저 노부인은 내게 교리 문답을 가르쳤어요."

젊은이가 말했다. 이 간단한 말에는 많은 의미가 깃들어 있었다.

그들은 앞으로 걸어 나갔다. 나이 든 여행자는 굿맨 브라운에게 속도를 내면서 꾸준히 길을 가라고 권했는데, 너무나 그럴 듯하게 말해서, 그런 주장이 나이 든 길동무의 제안이라기보다 굿맨 브라운의 가슴속에서 저절로 우러나온 것 같았다. 그들이 걸어가는 동안 나이 든 여행자는 지팡이를 만들기 위해 단풍나무 가지를 하나 꺾어, 그 가지에서 저녁 이슬로 축축한 잔가지와 어린 가지를 뜯어 냈다. 그의 손이 닿자마자 가지들은 이상하게도 쪼그라들면서 일주일 햇빛에 말린 것처럼 건조되었다. 이런 식으로 두 사람은 상당히 빠른 걸음으로 걸어갔는데, 길 위의 움푹 패인 어두운 부분에 도착하자, 굿맨 브라운이 갑자기 나무 그루터기에 주저앉으며 더 이상 가지 않겠다고 말했다.

"길동무여."

그가 고집스럽게 말했다.

"나는 결심했습니다. 여기서 그 일로는 한 걸음도 더 나아갈 수 없어요. 내가 천국으로 가리라고 생각했던 불쌍한 노파가 악마를 찾아간들 그게 무에 그리 대수입니까? 그게 내가 사랑하는 페이스를 버리고 그 노파를 뒤따라가야 할 이유가 됩니까?"

"자네는 그 문제를 점점 극복하게 될 거야."

그의 친구가 침착하게 말했다.

"여기 앉아서 잠시 쉬도록 해. 그러다 다시 움직이고 싶은 마음이 들거든 여기 자네를 도와줄 내 지팡이가 있어."

그는 더 이상 말을 하지 않고 단풍나무 가지를 굿맨 브라운에게 던졌고, 이어 순식간에 시야에서 사라졌는데 마치 더 깊어지는 어둠 속으로 녹아들어 간 것 같았다. 젊은이는 잠시 길가에 앉아서 자기 자신을 대단히 가상하게 여겼다. 이제 아침 산책 때 마을의 목사를 깨끗한 양심으로 만날 수 있고, 또 선량한 구긴 집사의 시선을 피하지 않아도 된다고 생각했다. 그리고 그날 밤에는 페이스의 품에 안겨 순수하고 포근한 마음으로 평온한 잠을 잘 수 있으리라. 지금껏 사악하게 보내 왔던 밤을 말이다. 이런 즐겁고 칭찬받을 만한 생각을 하는 동안, 굿맨 브라운은 말들이 달려가는 소리를 들었고, 숲 가장자리에 몸을 숨기는 것이 좋겠다고 판단했다. 그를 숲속으로 끌어들였으나 다행히 지금은 피해 버린 그 죄스러운 목적이 의식되었던 것이다.

말발굽 소리와 말 탄 사람들의 목소리가 가까워 오자 두 노인이 진지한 목소리로 뭔가 엄숙하게 얘기하는 소리가 들려왔다. 그 뒤섞인 소리들은 젊은이가 숨어 있는 곳에서 불과 몇 야드 떨어진 길을 따라 지나가고 있었다. 그러나 그 지점의 깊은 어둠 때문에 말 탄 사람이나 말들의 모습은 보이지 않았다. 그들은 길 옆의 작은 가지들을 스쳐 지나갔지만, 그들이 통과하는 머리 위 밝은 하늘에서 떨어지는 희미한 빛을 조금이라도 받아들이는 것 같지 않았다. 굿맨 브라운은 몸을 숙였다가 발끝으로 일어서는 동작을 교대로 하면서 잔가지를 헤치고 고개를 멀리까지 쭉 내밀어 뭔가 좀 발견하려 했으나 그림자 하나도 분간할 수 없었다. 그건 정말 짜증 나는 일이었다. 왜냐하면 뭔가 발견하는 것이 가능했더라면, 그는 마을 목사와 구킨 집사의 목소리를 알아보았을 것이기 때문이다. 두 사람은 평소 목사 서임식이나 교회 회의에 참석할 때처럼 조용히 말을 타고 달려가고 있었다. 아직도 브라운의 귀에 소리가 들리는 어떤 지점에 왔을 때, 말 탄 사람들 중 하나가 회초리 가지를 집어 들려고 말을 멈추었다.

"둘 중에서 하나를 고르라고 한다면, 목사님."

집사의 목소리가 말했다.

"저는 목사 서임식보다 오늘 밤의 모임에 더 가고 싶습니다. 오늘 여기 나오는 일부 회원들은 팰머스와 그 너머에서도 오고 다른 사람들은 코네티컷주와 로드아일랜드주에서도 온다는군요. 게다가 인디언 사제들도 참석하고요. 그들은 나름대로 우리들 중의 전문가 못지않게 악마의 의례를 알고 있지요. 게다가 한 선량한 젊은 여자가 성찬식에 인도될 거라고 하더군요."

"잘되었군요, 구킨 집사님!"

목사가 근엄하고 노련한 목소리로 대답했다.

"속도를 내십시오. 안 그러면 늦겠어요. 내가 거기에 도착하지 않으면 아무 일도 안 돼요."

말발굽은 다시 달가닥거렸고 텅 빈 공기 중에 이상하게 떠돌던 목소리들은 숲속으로 퍼져 나갔다. 그 숲속에는 교회가 세워지지도 않았고 외롭게 기도하는 기독교인도 없었다. 그렇다면 이 거룩한 사람들은 심야의 숲속에서 어디를 향해 그토록 달려가는 것인가? 젊은 굿맨 브라운은 마음이 너무 무거워 온몸에 힘이 없었고 땅에 곧 쓰러질 것 같았으므로 몸을 지탱하기 위해 나무를 잡았다. 그는 자신의 머리 위에 정말 하늘이 있는지 의심하면서 하늘을 쳐다보았다. 그러나 거기에는 푸른 궁륭이 있었고 그 안에는 별들이 밝게 빛나고 있었다.

"내 머리 위의 하늘과 지상의 페이스가 있으니, 나는 악마를 상대로 굳건히 버티리라!"

굿맨 브라운이 소리쳤다.

그가 하늘의 깊은 궁륭을 올려다보며 기도하기 위해 양손을 쳐드는 사이에, 바람이 없는데도 어디서 나타났는지 구름이 하늘을 흘러가며 밝은 별들을 가렸다. 푸른 하늘은 아직도 보였으나, 그의 머리 바로 위 하늘은 먹구름 덩어리가 재빨리 북쪽으로 흘러가고 있어서 하늘이 보이지 않았다. 하늘 높은 곳에서, 마치 구름의 깊숙한 내부에서 나오는 것처럼, 혼란스럽고 의심하는 목소리들이 흘러나왔다. 젊은이는 그 목소리들로부터 남자와 여자, 경건하거나 신앙심 없는 마을 사람들의 목소리를 구분할 수 있다고 생각했다. 그들 중 일부는 그가 성찬식 테이블에서 보았고, 또 일부는 마을 술집에서 싸우는 것을 본 사람들이었다.

그다음 순간, 그 소리들은 너무나 불분명하여 그는 바람이 없는데도 불구하고 속삭이는 고목들의 중얼거림을 잘못 들은 것이 아닐까 하고 의심했다.

이어 익숙하게 잘 아는 사람들의 목소리가 크게 울려왔다. 그 목소리들은 세일럼 마을에서 날마다 환한 장소에서 들었던 소리였고, 이처럼 심야의 구름 속에서 흘러나오는 소리로 들은 적은 한 번도 없었다. 그중 한 목소리는 어떤 알 수 없는 슬픔으로 탄식하는 젊은 여자의 목소리였다. 뭔가 부탁하는 듯 애절한 것이었는데 뜻대로 되지 않아 슬퍼하는 목소리였다. 보이지 않는 다수의 사람들, 성자들과 죄인들은 옆에서 그녀를 부추기는 듯했다.

"페이스!"

굿맨 브라운이 고뇌와 절망에 찬 목소리로 외쳤다. 숲의 메아리는 그를 조롱하듯이 "페이스! 페이스!" 하고 따라 외쳤는데, 깜짝 놀란 비참한 자들이 온 숲속에서 그녀를 쫓아다니며 외치는 소리 같았다.

불행한 남편이 대답을 듣기 위해 숨을 멈추는 동안, 그 비탄과 분노, 공포의 외침은 여전히 밤공기를 찌르고 있었다. 이어 비명 소리가 터져 나왔으나 곧 더 커다란 중얼거리는 소리들에 묻혀서 아득한 웃음소리 속으로 사라져 갔다. 먹구름이 하늘에서 흘러갔고 굿맨 브라운의 머리 위에만 청명하고 조용한 하늘을 남겨 놓았다. 하지만 뭔가 나풀거리며 공기 중에 펄떡거리더니 나뭇가지 위에 사뿐히 걸렸다. 젊은이가 그것을 떼어 내 보니 분홍색 리본이었다.

"나의 페이스가 사라졌다!"

그는 잠시 멍하니 있더니 소리쳤다.

"지상에는 선이 없다. 모두가 악인데 죄가 어디에 있는가? 죄악은 이름일 뿐이다. 오라, 악마여. 너에게 이 세상을 주노라."

절망으로 분노하며 그는 미친 듯이 커다랗게 웃기 시작했다. 굿맨 브라운은 아까 길동무가 건네준 지팡이를 잡고서 길을 나섰다. 너무나 빨라서 숲속의 길을 걸어간다기보다 날아가는 것 같았다. 그 길은 점점 험해지고 무서워졌으며 사람이 다닌 흔적이 별로 없었다. 마침내 길은 사라졌고 그는 어두운 숲 한가운데에 혼자 남겨졌으나 사람을 악으로 인도하는 본능에 따라 앞으로 계속 걸어 나갔다. 온 숲이 무서운 소리들로 가득 차 있었다. 나무들이 삐걱거렸고 들짐승들이 울부짖었으며 인디언들이 고함쳤다. 때때로 바람이 멀리 떨어진 교회의 종소리처럼 불어왔고 때때로 여행자 주위에서 엄청난 고함을 질러 댔다. 온 자연이 그를 경멸하며 비웃는 듯했다. 하지만 정작 굿맨 브라운 자신이 그 광경들 중에서 가장 무서운 공포였고 그래서 숲속의 다른 공포들로부터 위축되지 않았다.

"하! 하! 하!"

바람이 그를 비웃자 굿맨 브라운은 더 크게 웃었다.

"어디 누가 더 크게 웃나 보자. 네놈의 악마 짓으로 나에게 겁줄 생각은 하지 마. 오라 마녀여, 오라 마술사여, 오라 인디언 사제여, 오라 악마의 대왕이여. 여기 굿맨 브라운이 나가신다. 그가 너희를 두려워하듯이 너희도 그를 두려워해야 할 거야."

사실 그 마귀 들린 숲속에서 굿맨 브라운보다 더 무서운 모습은 없었다. 그는 검은 소나무 사이를 날아다니며 미친 사람처럼 지팡이를 휘둘러 댔다. 때로는 끔찍한 신성 모독의 말을 내뱉는가 하면 때로는 미친 웃음을 터트려 그것이 온 숲속에 울리는 메아리가 되어 굿맨 브라운 주위의 마귀들처럼 웃어 젖혔다. 악마의 본모습도 무섭겠지만, 그 악마가 인간의 가슴속으로 들어와 날뛸 때보다 더 무섭지는 않다. 이처럼 악마에 사로잡힌 굿맨 브라운은 미친 듯이 달려 나갔다. 마침내 그는 나무들 사이에서 몸을 떨면서 그 앞에 있는 붉은 빛을 보았다. 숲속의 빈터에다 베어 낸 나무줄기들과 가지들을 모아서 불태울 때 솟아나는 그런 불빛이었다. 붉은 빛은 자정 시간에 그 괴기한 불의 혓바닥을 하늘을 향해 날름거렸다. 그를 앞으로 밀어붙인 폭풍이 잦아들자 브라운은 걸음을 멈추었고, 찬송가 같은 것이 솟아오르는 소리를 들었다. 많은 목소리들이 함께 부르는 듯, 저 멀리서 엄숙하게 들려왔다. 그는 그 곡조를 알았다. 마을 교회의 합창대가 즐겨 부르는 찬송가였다. 가사는 둔중하게 잦아들었고 코러스로 길게 늘어졌으나, 사람들의 목소리는 아니었고 밤늦은 숲속의 모든 소리들이 끔찍하게 울려 퍼지며 어우러진 것이었다. 굿맨 브라운은 소리를 내질렀다. 그의 외침은 숲속 빈터의 외침과 뒤섞였기 때문에 그 자신의 귀에는 들리지 않았다.

　잠시 적막이 흐르는 동안 그는 앞으로 달려 나갔고, 붉은 빛은 그의 눈앞에서 크게 확대되어 어른거렸다. 빈터의 한쪽 끝에는 벽 같은 검은 숲에 둘러싸인 채 커다란 암석이 솟아 있었다. 거친 자연 상태의 암석은 제단 혹은 설교단과 비슷해 보였고, 네 그루의 불타는 소나무가 그 암석을 둘러쌌다. 나무의 우듬지는 불타오르고 있었으나 줄기는 불붙지 않은 모양이 마치 저녁 모임의 촛불 같았다. 암석의 꼭대기 부분까지 웃자란 무성한 잎사귀들은 모두 불이 붙은 채 밤하늘을 향해 불의 혀를 크게 날름거리면서 빈터를 발작적으로 비추고 있었다. 붉은 빛이 솟구쳤다가 다시 가라앉는 동안, 많은 사람들이 번쩍거리며 앞으로 나섰다가 이어 그림자 속으로 사라졌다. 그러다가 다시 어둠 속에서 솟아 나와 적막하고 괴괴한 숲 속 한가운데를 사람들로 채웠다.

"검은 옷을 입은 엄숙한 무리들이로군."

굿맨 브라운이 말했다.

과연 그들은 검은 모습이었다. 어둠과 빛 사이에서 이러저리 흔들리면서 얼굴들이 나타났는데 이들은 다음 날 오전이면 주 정부의 회의실에서 만날 수 있는 얼굴들이었다. 또 어떤 사람들은 안식일이면 교회에 나와 경건하게 천상을 쳐다보다가, 가장 거룩한 설교단에서 신자들로 가득 들어찬 신도석을 인자한 눈빛으로 바라보는 사람들이었다. 어떤 사람은 주지사의 아내도 거기 나와 있다고 단언했다. 적어도 주지사 부인을 잘 아는 부인들, 남편이 명예로운 자리에 있는 부인들, 많은 과부들, 노처녀들이 거기 있었고 아무튼 다들 명성 높은 여성들이었다. 예쁘고 젊은 처녀들은 자신들의 어머니가 감시하지 않나 우려하면서 떨고 있었다. 텅 빈 공터를 비추는 붉은 빛의 광채가 굿맨 브라운의 정신을 현혹시킨 것일 수도 있으나, 아무튼 그는 세일럼 마을에서 특히 거룩하다고 명성 높은 교회 유지들을 수십 명 보았다. 구킨 집사도 이미 도착하여 거룩한 성자이며 존경받는 목사의 옆에 있었다. 그러나 이 엄숙하고, 명성 높고, 경건한 사람들 옆에 불경하게도 타락한 자들의 무리가 함께 자리를 차지했다. 교회의 원로들과 정숙한 귀부인들과 이슬 같은 처녀들 옆에, 방탕한 생활을 하는 남자들, 지저분하고 오염된 이름으로 알려진 여자들, 온갖 야비하고 더러운 악덕을 저지르고 그보다 더 끔찍한 죄악을 자행한 것으로 의심되는 끔찍한 자들이 서 있었다. 선량한 자들이 악독한 자들을 피하지 않고 또 죄지은 자들이 성자들 앞에서 부끄러워하지 않다니 참으로 이상했다. 인디언 사제들도 그들의 적수인 백인들 사이에 흩어져 있었는데 이들은 종종 영국인 마술사들에게 알려진 것보다 더 혐오스러운 주문으로 그들의 원래 소유였던 숲을 공포로 떨게 만들었다.

'하지만 페이스는 어디에 있지?'

굿맨 브라운은 생각했다. 희망이 그의 가슴속으로 밀려들어 오자 그는 몸을 떨었다.

찬송가의 또 다른 가사가 솟아올랐다. 경건한 사랑처럼 느리고 구슬픈 가락이었으나, 인간의 본성이 생각해 낼 수 있는 죄악을 표현하거나, 그보다 더 심한 것을 암시하는 가사였다. 인간은 악마들의 지식을 도저히 꿰뚫어 이해할 수가 없다. 그자들은 그런 가사를 계속 노래 불렀다. 이어 공터의 메아리가 거대한 풍금의 둔중한 소리처럼 사이사이 울려왔다. 그 무서운 찬송가의 마지막 소절이 끝나자 어떤 목소리가 들려왔다. 그 목소리를 어떻게 말해야 할까. 그것은 포효하는 바람, 거칠게 달려가는 냇물, 울부짖는 들짐승, 서로 조화를 이루지 못하는 황무지의 모든 다른 소리들, 그리고 그 모든 것들의 지배자에게 경배를 바치는 죄지은 자의 음성 등이 한데 뒤섞여서 생겨나는 소리였다. 네 그루의 불붙은 소나무는 하늘을 향해 더 높은 불길을 날름거리더니, 불경한 무리들 위의 연기 소용돌이 사이로 그들의 끔찍한 형체와 용모를 언뜻언뜻 비추었다. 동시에 암석 위의 불은 새빨간 빛을 내면서 암석의 밑동 위로 발갛게 달아오르는 아치를 그렸다. 바로 그곳에 이제 한 형체가 나타났다. 경건한 마음으로 말하건대, 그 형체는 의복이나 행동거지에 있어서 뉴잉글랜드 교회의 일부 엄숙한 성직자들과는 전혀 닮은 바가 없었다.

"개종자들을 앞으로 데려오라!"

그 목소리는 공터에 메아리치더니 숲속으로 흘러들어 갔다. 그 말에, 굿맨 브라운은 나무 그늘로부터 나와서 그 신도들에게로 다가갔다. 그는 자신의 마음속에 품은 모든 사악한 것에 대한 공감 때문에 그 신도들과 내키지 않는 형제애를 느꼈다. 브라운은 돌아가신 아버지의 유령이 연기의 소용돌이 아래쪽을 내려다보면서 자신을 앞으로 끌어내고 있다는 느낌이 들었다. 또 그 순간 어렴풋한 절망적인 몸짓의 여자가 손을 내밀어 경고하면서 그를 뒤로 물러서게 하려고 애썼다. 그의 어머니였을까? 하지만 그는 뒤로 한 걸음도 물러설 힘이 없었고 그의 팔을 붙잡고 불붙은 암석 쪽으로 인도하는 목사와 구킨 집사를 몸으로는 물론이고 생각으로도 저항하지 못했다. 거기에 베일을 쓴 날씬한 몸매의 여자도 왔다. 그 여자는 교리 문답 교사인 구디 클로이스와, 지옥의 여왕이 될 거라는 악마의 약속을 받은 마사 캐리어✢에게 인도되어 왔다. 캐리어는 사나운 노파였다. 붉은 불의 차양 아래에 개종자들이 섰다.

"환영한다, 나의 아이들아."

검은 형체가 말했다.

"너희 종족의 성찬식에 참가한 것을 말이다. 너희들은 어린 나이인데도 너희의 본성과 운명을 발견했구나. 내 아이들아, 너희 뒤를 보아라!"

그들은 돌아섰다. 불빛이 갑자기 비춰지면서 악마 숭배자들의 모습이 보였다. 환영하는 미소가 그들의 온 얼굴에 검게 번들거렸다.

"저들은……."

검은 형체가 다시 말했다.

"너희들이 어린 시절부터 존경해 온 자들이지. 너희들은 저들을 너희보다 더 거룩하다고 생각했고, 너희들의 죄를 저들의 올바른

✢ 마사 캐리어는 1692년 세일럼 마녀 재판 때 교수형에 처해진 여자로서, 청교도 저술가이며 정치가인 카튼 매더는 캐리어를 가리켜 "이 여자는 악마가 지옥의 여왕 자리를 약속한 마녀다"라고 말했다.

생활, 천상을 향해 열렬히 기도하는 생활과 비교하면서 그 죄 때문에 위축되었지. 그러나 저들도 모두 이렇게 나를 숭배하는 모임에 나왔다. 오늘 밤 너희는 내 덕분에 저들의 은밀한 행위를 알게 될 것이다. 머리가 하얀 교회의 원로들은 그들 집안에서 일하는 젊은 처녀들에게 음란한 말을 속삭였고, 과부의 지위를 열망하는 많은 여인들은 잠들 무렵 남편에게 어떤 음료를 주어 남편이 그녀의 품속에서 마지막 숨을 쉬게 했으며, 수염도 나지 않은 젊은이들이 아버지의 재산을 상속받기 위해 아주 황급한 행동을 서둘러 저질렀다. 또 예쁜 처녀들—얼굴을 붉히지 말아라, 귀여운 것들—은 정원에 작은 무덤을 파 놓고 유일한 조문객인 나를 갓난아기의 장례식에 초대하였다. 인간의 마음에는 죄악에 공감하는 부분이 있지. 그 덕분에 너희들은 죄악이 저질러지는 모든 장소—교회, 침실, 거리, 들판, 숲속 등—에서 죄악의 냄새를 맡고, 온 세상이 하나의 죄악 덩어리, 하나의 거대한 핏덩어리라는 것을 발견하면서 기쁨을 느끼는 거다. 아니, 이런 것들보다 더 많은 것을 알게 될 거야. 너희들은 모든 사람의 가슴을 뚫고 들어가 죄악의 깊은 신비, 모든 사악한 기술의 원천을 알게 될 거야. 그런 지식은 인간의 힘—혹은 나의 가장 강력한 힘—이 행동으로 구체화시킬 수 있는 악보다 더 강력한 악의 충동을 무제한 제공하지. 자, 나의 아이들아. 이제 서로 바라보아라."

그들은 시킨 대로 했다. 지옥 불 같은 소나무들의 화염이 비추자, 불쌍한 남자 굿맨 브라운은 그의 아내 페이스를 보았고, 아내는 악마의 제단 앞에 서서 덜덜 떨며 남편을 쳐다보았다.

"자, 거기 서라, 나의 아이들아."

그 검은 형체가 깊고 엄숙한 목소리로 말했다. 그것은 깊은 절망감으로 인해 슬프게 느껴지는 목소리였다. 한때 천사였던 그의 본성이 우리 비참한 종족을 슬퍼하는 것 같았다.✢

"너희들은 각자 마음의 상태에 따라 미덕이 허망한 꿈만은 아니라는 희망을 품어 왔다. 그러나 이제 너희들은 깨달았다. 악은 인간의 본성이다. 악이 너희들의 유일한 행복이 되어야 한다. 나의 아이들아, 너희 종족의 성찬식에 참여한 것을 다시 한번 환영한다."

"환영한다."

악마 숭배자들이 절망과 승리의 한목소리로 외쳐 댔다.

그들은 유일한 남녀 한 쌍으로서 거기에 서 있었다. 그들은 어두운 세계의 사악한 가장자리에서 아직도 망설이는 것 같았다. 암석에는 자연스럽게 푹 패인 부분이 있었다. 그 속에 괴기한 불빛에 비추어져 붉게 보이는 물이 들어 있는가? 아니면 그건 피인가?

✢ 지옥의 마왕 루시퍼는 하늘에서 쫓겨나기 전에는 뛰어난 용모의 천사였다. 단테의 『신곡』 지옥편에는 이 마귀 대왕이 지옥의 가장 밑바닥에 떨어졌다고 묘사한다.

혹은 액체 상태의 불인가? 악마의 형체는 그 푹 패인 곳에 손을 넣어 개종자들의 이마에 세례 표시를 할 준비를 했다. 그들은 세례를 받으면 죄악의 신비에 참여하게 될 것이고, 남들의 행동과 생각에서 더 많은 죄악을 파악해 낼 것이다. 지금 그들이 자신의 죄악을 파악해 내는 것 이상으로 말이다. 남편은 창백한 아내에게 시선을 던졌고 페이스도 그를 쳐다보았다. 또다시 서로 쳐다보았더라면 그들이 얼마나 오염되고 비참한 사람인지 보았을 것이다. 그들은 자신들이 폭로하고 목격한 것에 대하여 동시에 몸을 떨었으리라.

"페이스! 페이스!"

남편이 소리쳤다.

"하늘을 쳐다보아요. 저 사악한 자에게 저항해요."

페이스가 그의 말에 복종했는지 그는 알지 못했다. 그는 이 말을 하자마자 고요하고 적막한 밤중에 혼자 있는 자신을 발견했다. 고함치는 바람 소리가 숲 전체를 통하여 둔중하게 잦아들었다. 그는 암석에 기대어 몸을 비틀거리며 그 차가움과 축축함을 느꼈다. 그때까지 불붙어 있었던 축 늘어진 나뭇가지는 그의 뺨에 아주 차가운 이슬을 적셔 주었다.

그다음 날 아침 젊은 굿맨 브라운은 세일럼 마을의 거리로 천천히 걸어오면서, 놀란 사람처럼 주위를 응시했다. 나이 든 목사는 아침식사의 식욕을 돋우기 위해 묘지를 따라 걸어가면서 설교 내용을 명상했고, 굿맨 브라운을 지나치자 그에게 축복을 주었다. 그는 저주를 피하는 것처럼 거룩한 성자로부터 몸을 움츠렸다. 구킨 집사는 집에서 예배를 보고 있었다. 그가 올리는 거룩한 기도 말씀이 열린 창문을 통하여 들려왔다.

"저 마귀가 어떤 하느님에게 기도를 올린다는 거야?"

굿맨 브라운이 중얼거렸다. 성실한 기독교인인 구디 클로이스 노부인은 격자창 앞에서 아침의 햇살을 받으며 그녀에게 아침 우유를 가져온 어린 소녀에게 교리 문답을 가르치고 있었다. 굿맨 브라운은 악마의 손에서 낚아채듯이 그 아이를 낚아챘다. 교회 옆의 모퉁이를 돌아서면서 그는 분홍 리본이 매어진 페이스의 머리를 보았다. 그녀는 불안하게 거리를 내다보다가 그를 보더니 너무 좋아서 거리를 따라 깡충깡충 뛰어왔고 온 마을 사람들이 보는 앞에서 남편에게 키스할 뻔했다. 하지만 굿맨 브라운은 그녀의 얼굴을 엄숙하고 슬픈 표정으로 쳐다보더니 인사도 하지 않고 지나쳐 갔다.

굿맨 브라운은 숲속에서 잠이 들어서 마녀들의 소란스러운 모임을 꿈꾼 것일까?

당신이 그걸 원한다면 그렇다고 해 두자. 하지만 그것은 젊은 굿맨 브라운에게 사악한 징조를 알려 주는 꿈이었다. 그 운명적인 꿈을 꾼 밤 이후에 그는 슬프고, 우울하고 명상적인 사람이 되었고, 절망에 빠지지는 않았다고 하더라도 남을 불신하게 되었다. 안식일, 온 신도들이 거룩한 찬송가를 부를 때, 그는 그걸 들을 수가 없었다. 왜냐하면 죄악의 찬송가가 재빠르게 그의 귀에 다가와 모든 축복된 가락을 익사시켰기 때문이다. 목사가 설교단에서 성경에 손을 얹고서 힘차고 열정적인 목소리로 종교의 거룩한 진리와 장래의 형언할 수 없는 축복을 말할 때 굿맨 브라운은 온 얼굴이 창백해졌다. 교회의 천장이 붕괴하여 저 회색 머리의 신성 모독자와 청중들 위로 무너져 내리는 게 아닐까 걱정되었기 때문이다.

그는 종종 한밤중에 갑자기 잠에서 깨어나 페이스의 가슴에서 멀어졌다. 아침이나 저녁에 가족이 무릎을 꿇고 기도를 올릴 때 그는 얼굴을 찌푸리고 혼자 중얼거리면서 아내를 엄숙하게 쳐다보다가 시선을 돌렸다.

그가 오랜 삶을 마치고 하얀 머리칼의 시신으로 무덤에 운구될 때, 이제 노부인이 된 페이스, 자녀들, 손자들, 적지 않은 숫자의 이웃들이 상여 행렬을 이루어 그 뒤를 따라갔다. 그들은 그의 무덤에 희망적인 비문을 새기지 않았다. 왜냐하면 그가 음울한 어둠 속에서 죽었기 때문이다.

반점

Nathaniel Hawthorne

지난 18세기 후반에 자연 철학의 모든 분야에서 탁월하게 유능한 과학자가 살았다. 우리의 이야기가 시작되기 얼마 전에 이 과학자는 화학적 친화력보다는 정신적 친화력이 더 매력적이라는 것을 발견했다. 그는 실험실을 조수에게 맡겨 두고 용광로 연기에 그을린 얼굴을 깨끗이 씻고, 손가락에서 산성의 찌꺼기들을 닦아 내고 아름다운 여인을 설득하여 그의 아내가 되게 했다.

그 당시 전기와 기타 유사한 자연의 신비를 발견하여 기적의 지역으로 들어가는 길이 열렸다. 따라서 과학에 대한 사랑이 그 깊이와 정열적 힘에 있어서 여자에 대한 사랑과 경쟁하는 것이 그리 이상한 일은 아니었다. 더 높은 지성, 상상력, 정신, 심지어 감성도 과학의 추구로부터 깊은 자양분을 얻었다. 과학의 열렬한 지지자들은 강력한 지성에서 다음 지성으로 자꾸 올라가다 보면 마침내 창조력의 비밀을 파악하여 과학자 자신을 위한 새로운 세상을 만들어 낼지도 모른다고 생각했다. 인간이 궁극적으로 자연을 통제할 것이라는 믿음을 에일머가 갖고 있는지는 알 수 없다. 그러나 그는 과학 연구에 한눈 팔지 않고 몰두했고, 과학 이외의 열정 때문에 그 연구로부터 잠시 멀어질 틈이 없었다. 젊은 아내에 대한 사랑은 그 두 가지 사랑 중 더 강력한 것이었지만, 과학에 대한 사랑과 아내에 대한 사랑을 서로 단단히 묶고, 또 과학의 힘을 과학자 자신의 힘에 묶을 때에만 그러한 것이었다.

따라서 이러한 과학과 사랑의 결합이 실제로 벌어졌고 아주 특기할 만한 결과와 대단히 인상적인 도덕을 빚어 냈다. 결혼한 직후의 어느 날, 에일머는 심란한 표정으로 아내를 쳐다보았는데 표정이 점점 굳어지더니 마침내 입을 열었다.

"조지아나."

그가 말했다.

"당신 뺨의 반점을 없애 버릴 수 있다는 생각을 해 본 적이 있소?"

"아니요, 없었어요."

그녀가 미소 지으며 말했다. 하지만 남편이 진지하게 질문하고 있다는 것을 알고서 그녀는 얼굴을 붉혔다.

"사실을 말씀드리자면 아주 여러 번 복점이라는 얘기를 들어 왔기 때문에 그저 그러려니 생각하게 되었어요."

"아, 다른 얼굴이라면 그럴 수도 있겠지."

남편이 대답했다.

"하지만 당신 얼굴에서는 절대 아니야. 사랑하는 조지아나, 당신은 자연의 손으로부터 거의 완벽한 모습으로 태어났어. 흠집인지 복점인지 알 수 없지만, 당신의 그 사소한 결점은 나에게 충격을 줘. 지상에 사는 존재의 불완전함을 보여 주는 유일한 가시적 표시로서 말이야."

"당신에게 충격을 준다고요!"

조지아나가 마음 상한 목소리로 말했다. 순간적인 분노로 얼굴이 붉어지더니 이어 눈물을 터트렸다.

"그럼 왜 저를 친정어머니 손에서 데려오셨어요? 충격을 주는 사람을 어떻게 사랑해요!"

이 대화를 설명하자면 조지아나의 왼쪽 뺨 한가운데에 있는 단 하나의 반점을 언급해야 할 것 같다. 그 반점은 그녀 얼굴의 살결이나 살집과 잘 어우러져서 피부의 일부나 다름없었다. 평소의 그녀 안색은 건강하고 아름다운 장밋빛인데, 그 반점은 그보다 짙은 진홍색이어서 얼굴의 전반적인 홍조에 대비되어 어딘지 불완전한 느낌을 주었다. 그녀가 얼굴을 붉히면 반점은 차츰 보이지 않다가 완전히 사라졌다. 그녀가 상기되어 피가 얼굴 쪽으로 몰려들면서 온

뺨이 밝은 진홍색으로 짙어지는 까닭이었다. 그러나 어떤 순간적인 심기 변화로 얼굴이 창백해지면 반점이 눈밭 위의 핏자국처럼 선명하게 드러났고, 에일머는 그것을 아주 징그러운 특징이라고 여겼다.

반점의 생김새는 인간의 손과 아주 비슷했는데 아주 작은 피그미의 손을 연상하면 되겠다. 조지아나의 애인들은 그녀가 태어날 때 어떤 요정이 아기의 뺨에다 자신의 작은 손을 찍어 놓았다고 말했었다. 조지아나가 장차 모든 사람들의 마음을 휘어잡게 될 마법의 천부적 재능을 알려 주는 표시로서 말이다. 사랑에 몸이 단 절망적인 애인들은 이 신비한 손에 그들의 입술을 가져다 댈 수 있다면 목숨을 내놓는 위험도 불사하려 했다. 그러나 요정의 손이 찍어 놓은 이 반점에 대한 인상은 보는 사람의 기질에 따라 크게 달라진다는 점을 지적해 두어야 할 듯하다.

어떤 까다로운 사람들—하지만 이들은 전적으로 여성이었다—은 그 반점을 피 묻은 손이라고 부르면서 조지아나의 아름다움을 크게 훼손할 뿐만 아니라 그녀의 얼굴을 혐오스럽게 만든다고 단언했다. 그러나 그것은 그리 합리적인 얘기는 아니다. 미국 조각가 파워즈가 대리석으로 제작한 이브 조각상에 자그마한 푸른색 오점이 하나 들어 있다고 해서 이브상 전체가 괴물이 되어 버린다고 하는 얘기만큼이나 합리적이지 못하다. 남성들은 이 반점으로 인해 그녀에 대한 경배심이 더 높아진다고까지는 못하더라도 반점이 아예 없었더라면 더 좋았을 텐데 하는 생각을 했다. 그렇게 되면 결점이 단 하나도 없는 살아 있는 완벽함의 모범 사례를 이 세상은 갖게 될 거라고 생각했다. 에일머는 결혼 전에는 이 문제에 대해서 아예 혹은 거의 생각하지 않다가, 결혼 후 비로소 다른 남자들처럼 아쉬운 생각을 갖게 되었다.

그녀가 지금보다 덜 아름다웠더라면—'질투' 여신이 조지아나에게서 뭔가 비웃을 만한 구석을 발견했더라면—남편은 이 귀여운 조그마한 손 때문에 자신의 애정이 더 깊어지는 것을 느꼈으리라. 반점은 희미하게 나타났다가 사라지는가 하면, 갑자기 등장하고 그녀의 가슴속에서 벌어지는 감정이 맥박에 따라 이리저리 반짝거리면서 더욱 그의 사랑을 높여 주었을 것이다. 하지만 반점만 빼놓으면 그녀가 그토록 완벽하게 아름다워질 것이기 때문에 에일머는 함께 사는 시간이 흘러가는 매 순간마다 이 단 하나의 결점을 더욱 용납할 수 없다고 생각하게 되었다. 그것은 자연이 이런저런 형태로 모든 피조물에게 지워 버리지 못하게 찍어 놓은 인류의 결정적 흠집이었다. 이 반점은 인간은 일시적이고 유한한 존재라는 것을 암시하거나 아니면 인간의 완전함은 노력과 고통에 의해서만 얻어질 수 있다고 경고하는 듯했다.

진홍색 손은 인간이면 피할 수 없는 집착을 상징했다. 인간은

이 지상에 살아 있는 동안 가장 높고 가장 아름다운 것을 손에 넣으려고 발버둥 친다. 하지만 이런 집착은 가장 높고 가장 아름다운 것을 가장 저급한 것으로 타락시키고 심지어 들짐승 수준으로 격하시킨다. 왜냐하면 그 아름다운 가시적 모습은 결국 들짐승과 마찬가지로 먼지로 돌아가기 때문이다. 이런 식으로 에일머는 아내의 반점을 죄악, 슬픔, 부패, 죽음의 상징으로 보기 시작했다. 그러자 그의 음울한 상상력은 곧 반점을 징그러운 대상으로 만들어 놓았고, 그에게 더 많은 고통과 공포를 안겨 주어 조지아나의 정신적·육체적 아름다움이 그에게 주는 즐거움을 옳게 누리지 못하게 되었다.

이들 부부의 가장 행복한 시간이 되어야 할 모든 계절에, 그는 아내를 불행하게 만들 의도가 아니었고 오히려 정반대의 목적을 갖고 있었음에도 불구하고 자꾸만 이 끔찍한 단 하나의 화제로 되돌아갔다. 처음에는 사소하게 보였으나, 점점 무수한 생각과 감정에 연결되면서, 모든 생활의 중심점이 되어 버렸다.

아침이 밝으면 에일머는 눈을 뜨고서 아내의 얼굴을 들여다보며 불완전의 상징을 보았다. 저녁에 부부가 벽난로 옆에 앉아 있을 때 그의 시선은 몰래 아내의 뺨을 향했다. 벽난로 속 땔나무의 불길이 너울거릴 때, 에일머가 한 점 흐린 마음 없이 완벽하게 경배해야 할 그 뺨에 유령 같은 손이 인간의 유한함을 알리는 글씨를 쓰고 있었다. 조지아나는 남편의 그런 시선에 몸을 부르르 떨었다. 그가 기이한 표정으로 한번 쳐다보기만 해도 그녀 뺨의 홍조는 죽음 같은 창백함으로 바뀌었고, 이 창백함 때문에 진홍색 손은 아주 하얀 대리석에 박힌 돋을새김의 루비처럼 뚜렷하게 드러났다.

어느 날 밤, 벽난로 불빛이 희미해져 불쌍한 아내의 왼쪽 뺨의 반점이 거의 드러나지 않게 되자, 그녀가 먼저 말을 꺼냈다.

"사랑하는 에일머, 혹시 기억나세요?"

그녀가 미소를 지으려고 애쓰며 말했다.

"이 끔찍한 손에 대하여 당신이 지난밤에 꾸었던 꿈 말이에요."

"아니, 아니, 아무것도."

에일머가 놀라면서 대답했다. 이어 자신의 진짜 감정을 감출 목적으로 일부러 꾸민 메마르고 차가운 어조로 덧붙였다.

"내가 꿈을 꾸었을 수도 있지. 잠들기 전에 어떤 생각이 나를 상당히 사로잡았으니까."

"그래서 그런 꿈을 꾸었나요?"

조지아나가 황급히 말했다. 갑자기 눈물이 솟아나서 자신이 하려는 말을 방해할지 모른다고 우려했기 때문이다.

"그건 끔찍한 꿈이었어요. 당신이 그 꿈을 잊어버렸을 것 같지 않아요. 당신은 이렇게 잠꼬대를 했어요. '그게 이제 그녀의 심장 속으로 들어갔어. 우린 그것을 반드시 꺼내야 해!' 어떻게 그런 꿈을 잊어버릴 수 있어요? 어떻게 하든 당신이 그 꿈을 기억했으면 좋겠어요."

잠이 위력을 발휘하면 마음은 슬픈 상태가 된다. 모든 것을 개입시키는 잠은 그녀(잠)의 유령들을 그녀가 지배하는 어두운 지역에다 가두어 두는 것이 아니라, 유령들이 밖으로 나오도록 풀어놓는다. 그리하여 더 깊은 삶에 소속된 비밀들을 가져와 이 실제의 삶을 공포로 만든다. 에일머는 이제 그 꿈을 기억해 냈다. 그는 꿈속에서 하인 아미나다브와 함께 반점을 제거하는 수술을 하고 있었다. 하지만 칼이 깊숙이 들어갈수록 진홍색 손도 깊숙이 안으로 숨었고 마침내 그 자그마한 손은 조지아나의 심장을 꽉 움켜잡았다. 그러나 그는 그 반점을 사정없이 도려내거나 비틀어 없애 버릴 각오였다.

에일머는 그 꿈을 완전하게 기억해 내자 아내와 함께 앉아 있는 것이 죄스러운 느낌이 들었다. 진실은 종종 잠의 외투를 꼭 껴입고 우리의 마음 가까이 다가온다. 그리하여 우리가 깨어 있는 동안에 무의식적인 자기 속임수를 벌이며 감추려는 문제를 단도직입적으로 말해 버린다. 그때까지 그는 한 가지 생각이 그의 마음을 상대로 부리는 독재적인 힘을 알지 못했고, 또 마음의 평화를 얻기 위해 그 어떤 노고도 아끼지 않겠다는 마음이라는 것을 의식하지 못했다.

"에일머."

조지아나가 엄숙하게 말했다.

"나의 이 치명적인 반점을 제거하려면 우리 두 사람이 어떤 대가를 치러야 하는지 나는 몰라요. 어쩌면 제거하려다가 고칠 수 없는 기형이 되기도 하겠지요. 어쩌면 그 반점이 생명 그 자체처럼 깊숙이 박혀 있는 것일지도 모르고요. 이거 한 가지만 물어보고 싶어요. 어떤 조건이 되었든 이 반점을 제거할 가능성은 있나요? 내가 이 세상에 태어나기 전에 내 뺨에 찍혀진 이 작은 손의 엄청난 장악력을 풀어 버릴 가능성이?"

"사랑하는 조지아나, 난 그 문제를 많이 생각했소."

에일머가 황급히 말을 가로막았다.

"나는 그것을 완벽하게 제거할 수 있다고 확신해요."

"그럴 가능성이 조금이라도 있다면……."

조지아나가 말했다.

"어떤 위험이 닥치더라도 시도하세요. 위험은 내게 아무것도 아니에요. 이 혐오스러운 반점 때문에 내가 당신에게 공포와 혐오의 대상이 된다면, 삶은 내게 부담일 뿐이에요. 그런 삶은 기꺼이 내던질 각오가 되어 있어요. 이 혐오스러운 반점을 없애거나 아니면 이 비참한 목숨을 없애 주세요! 당신은 과학의 심오한 지식을 가지고 있고 온 세상이 그것을 증언하고 있어요. 당신은 경이롭고 위대한 업적을 성취했어요. 그런 당신이 이 작고 작은 반점을 제거할 수 없나요? 나의 새끼손가락 두 개 끝마디만 한 이 반점을? 당신에게 마음의 평화를 가져다주고 불쌍한 아내를 광기로부터 구해 줄 수 있는 능력이 당신에게 없나요?"

"나의 상냥하고, 사랑하는 아내여."

에일머가 환희에 찬 목소리로 말했다.

"내 능력을 의심하지 마시오. 이미 이 문제를 아주 깊이 생각해 보았소. 그 생각을 하다가 당신보다는 못하지만 그에 근접한 존재를 만들어 낼 수 있을지도 모르겠다는 느낌도 들었소. 조지아나, 당신은 나를 과학의 핵심으로 좀 더 깊게 들어가게 해 주었소. 나는 당신의 왼쪽 뺨을 오른쪽 뺨처럼 결점 없게 만들 능력이 충분히 있다고 생각하오. 그러니 사랑하는 아내여, 나의 승리감이 어떠하겠소? 자연이 가장 아름다운 작품 중에 불완전하게 만들어 놓은 부분을 내가 곧 고치게 될 것이니 말이오! 자신이 조각한 여인상이 살아 있는 여자로 변신했을 때, 피그말리온이 느낀 기쁨도 지금의 나의 기쁨보다는 크지 않을 것이오."

"그럼 결정되었어요."

조지아나가 희미하게 미소 지으며 말했다.

"에일머, 설혹 반점이 내 심장에 숨어 버린다고 하더라도 그대로 내버려두지 말아요."

남편은 진홍색 손자국이 없는 그녀의 오른쪽 뺨에다 키스했다.

그다음 날 에일머는 아내에게 자신이 수립한 계획을 알려 주었다. 아내의 수술에 필요한 집중적인 생각과 꾸준한 관찰의 기회를 가지게 해 주는 계획이었다. 한편 조지아나는 수술의 성공에 필수 요건인 완벽한 안정을 누려야 했다. 부부는 에일머가 실험실 용도로 사용하는 여러 개의 방이 있는 집으로 잠시 옮겨 갈 예정이었다. 힘들게 연구에 몰두하던 젊은 시절, 그는 이곳에서 자연의 기본적인 힘들에 대하여 여러 가지 발견을 했고, 그 결과 유럽의 모든 학술계로부터 칭송을 받았다.

이 실험실에 조용히 앉아서 이 과학자는 가장 높은 구름 지역과 가장 깊은 광산 지역의 비밀을 탐구했다. 그는 화산을 불붙게 하고 또 용암을 살아 움직이게 만드는 원인들을 알아냈고, 샘물의 신비를 설명했다. 각종 샘물들이 지구의 어두운 가슴으로부터 솟구쳐 나와 일부는 맑고 순수한 생수가 되고 일부는 치료 효과가 우수한 약물이 되는 원리를 파헤쳤다. 또 이 실험실에서 인체의 경이를 연구했다. 자연이 지상과 공중의 어떤 영향력과 정신세계의 원소를 가져다가 적절히 결합함으로써 최고 걸작인 인간을 창조했는지 그 탄생 과정을 파헤치려 했다.

하지만 에일머는 인간의 탄생 과정에 대한 탐구와 관련해서는, 하나의 명확한 진리를 마지못해 인정하면서 오래전에 그만두어야 했다. 그 진리는 모든 탐구자들이 조만간 봉착하게 되는 것인데, 이러하다.

위대한 창조주인 어머니 자연은 훤한 대낮에 일하면서 우리들을 즐겁게 하지만, 자신의 비밀을 아주 세심하게 챙긴다. 겉으로는 개방적인 척하면서도 우리에게는 작업의 결과만 보여 줄 뿐이다. 자연은 질투심 많은 특허권자와 비슷하여, 우리가 자연의 창작물을 흠집 내는 것은 허용하지만, 그것을 보수하는 것은 용인하지 않고 또한 만들어 내는 것은 결코 용납하지 않는다. 그런데 에일머는 이제는 절반쯤 잊어버린 그 탐구 작업을 다시 시작한 것이다. 처음 그 작업을 시작했을 때의 희망과 소망 때문에 재개한 것이 아니라, 그 작업이 인간의 생리적 진실과 많이 관련되고 또 조지아나의 치료 계획과 관련하여 꼭 필요했기 때문이다.

그가 조지아나를 실험실 안으로 데려가는 순간, 그녀는 온몸이 차가워지며 몸을 떨었다. 에일머는 아내를 안심시키려고 그녀의 얼굴을 쾌활하게 쳐다보았다. 하지만 그녀의 하얀 왼쪽 뺨에 반점이 발갛게 달아오르는 것을 보고서 너무 놀라 자기도 모르게 발작적으로 전율하며 크게 몸을 떨었다. 아내는 남편의 이런 모습을 보고서 기절했다.

"아미나다브! 아미나다브!"

에일머가 실험실 바닥을 발로 쿵쿵 차면서 소리쳤다.

곧 실험실 안쪽의 한 방에서 키가 작으나 몸집은 다부진 남자가 튀어나왔다. 그의 얼굴에는 더부룩한 머리카락이 내려와 있었는데 그 머리카락은 용광로의 증기로 지저분해져 있었다. 이 남자는 에일머가 연구하는 내내 그의 조수로 일해 왔다. 민첩한 기계적 준비성, 원리는 단 하나도 모르지만 주인의 실험에 관련된 세부 사항들을 완벽하게 수행하는 기술 등으로 인해 조수 역할에는 적임자였다. 엄청난 힘, 더부룩한 머리카락, 연기에 그을린 얼굴, 온몸에서 풍겨 나오는 형언하기 어려운 세속성, 이런 것들 때문에 그는 인간의 물질적 본성을 상징하는 듯했다. 빈면에 에일머의 날씬한 체격, 창백하고 지적인 얼굴 등은 영락없는 정신적 측면의 상징이었다.

"아미나다브, 내실 문을 열어!"

에일머가 말했다.

"그리고 선향✢을 피우도록 해."

"알겠습니다, 주인님."

아미나다브가 조지아나의 기절한 몸을 찬찬히 쳐다보며 말했다.

✢ **선향**: 방취와 멸균의 효과가 있는 방향 물질.

이어 혼자 중얼거렸다.

"그녀가 내 아내라면 나는 이 반점과 절대로 헤어지지 않을 텐데."

조지아나는 의식을 되찾자 자신이 강렬한 향기가 피어오르는 방 안에서 숨을 쉬고 있다는 것을 깨달았다. 향기의 부드러운 힘은 그녀의 죽음 같은 기절을 상기시켰다. 그녀가 있는 방은 마법의 풍경처럼 보였다. 에일머는 심오한 연구를 하며 가장 촉망받는 세월을 보냈던 그 연기 나고, 어둡고, 음울한 방들을 아름다운 방들로 개조했다. 이 방들은 사랑스러운 여인의 격리된 거처로서는 조금도 손색이 없었다. 벽에 걸린 멋진 커튼은 장엄함과 우아함이 어우러진 분위기를 조성했는데 그 어떤 장식품도 이처럼 인상적인 효과를 만들어 내지 못할 것이었다. 커튼은 천장에서 바닥까지 내려와 풍성하면서도 묵직한 주름이 잡히면서 모든 각도와 직선을 감춘 품이 실내를 무한의 공간으로부터 차단시키고 있었다. 조지아나가 볼 때 그것은 구름을 뚫고 솟아오른 정자와 비슷했다. 에일머는 화학 과정을 방해하는 햇빛을 차단시키면서, 실내에 향기나는 램프를 설치했다. 램프는 다양한 색의 불빛을 내뿜었지만 결국에는 은은한 보라색 빛으로 수렴되었다.

그는 아내 곁에 무릎을 꿇고서 그녀를 찬찬히 쳐다보았는데, 얼굴에 놀라는 기색은 없었다. 그는 자신의 과학을 확신했다. 아내 주위에 마법의 동그라미를 그려서 그 어떤 사악함도 침입하지 못하게 할 수 있다고 느꼈다.

"여기가 어디에요? 아, 기억이 나요."

조지아나가 희미한 목소리로 말했다. 그녀는 왼손으로 뺨을 가리며 남편의 시선으로부터 그 끔찍한 반점을 가리려 했다.

"여보, 두려워하지 말아요."

그가 소리쳤다.

"나를 피하려 하지 말아요. 조지아나, 나는 그 단 하나의 불완전함도 즐겁게 바라보고 있소. 그걸 제거하면 엄청난 기쁨을 느끼게 될 거니까."

"아, 저를 부드럽게 대해 주세요!"

그의 아내가 슬픈 목소리로 말했다.

"다시는 이 반점을 쳐다보지 마세요. 난 당신의 발작적 전율을 결코 잊지 못할 거에요."

조지아나를 위로하기 위하여, 또 그녀 마음의 부담을 덜어 주기 위하여, 에일머는 과학의 심오한 지식이 그에게 가르쳐 준 가볍고 장난스러운 비결을 실천해 보였다. 그러자 공기 중의 형상, 육체가 전혀 없는 관념, 실체 없는 아름다움의 형태 등이 그녀 앞에 나타나 춤을 추면서, 빛줄기 위에 그들의 덧없는 발자국을 찍었다. 그녀는 이런 시각적 착각을 일으키는 방법에 대하여 막연한 지식을 갖고 있긴 했지만, 그 환상은 너무나 완벽하여 정신세계에 대한 남편의 통제력을 믿어 버리기에 충분했다. 그리하여 그녀는 스스로의 격리된 상황에서 빠져나와 앞을 쳐다보고 싶은 생각이 들었다. 마치 그녀의 생각에 응답이나 하듯이, 시각적 착각에 의해 외부에 있는 것처럼 보이는 존재들의 행렬이 스크린을 어른어른 스쳐 지나갔다. 그 스크린 위에서는 실제 생활의 광경과 모습들이 완벽하게 재현되었고, 형언하기 어려운 이질감을 안겨 주었다. 그런 이질감 때문에 그림이나 이미지가 실물보다 더 매력적으로 보이는 것이다. 이 마술이 지겨워지자 에일머는 아내에게 한 줌의 흙이 들어 있는 그릇을 쳐다보라고 말했다. 아내는 처음엔 별 흥미를 느끼지 못하면서 시키는 대로 했다. 하지만 그 흙에서 식물의 싹이 솟아나는 것을 보고서 깜짝 놀랐다. 이어 부드러운 줄기가 나왔고 잎사귀들이 펼쳐졌다. 그 잎사귀들 사이에 멋지고 아름다운 꽃이 있었다.

"마법이로군요!"

조지아나가 말했다.

"만져서는 안 될 것 같아요."

"아니야, 꽃을 한번 따 봐."

에일머가 대답했다.

"어서 따 봐. 할 수 있을 때. 금방 사라지는 저 향기를 맡아 봐. 저 꽃은 잠시 후 시들어 버리고 갈색의 씨방 이외에는 남아 있는

게 없을 거야. 하지만 거기서 저 꽃처럼 덧없는 종족이 영원히 계속되지."

하지만 조지아나가 꽃을 만지자마자 식물은 조락했고 잎사귀는 불에 그을린 것처럼 새까맣게 되었다.

"너무 자극이 강했나 봐."

에일머가 생각에 잠긴 표정으로 말했다.

이 실패로 끝난 실험을 보상하기 위해 그는 자신이 발명한 과학적 장치로 아내의 초상화를 그려 주겠다고 제안했다. 그것은 잘 닦아 놓은 금속판 위에다 불빛을 쏘아 만드는 초상이었다. 조지아나는 그 제안에 동의했다. 그러나 결과물을 보는 순간, 초상의 이목구비가 얼룩덜룩 뭉개져 있는 것을 발견하고 경악했다. 왼쪽 뺨 부분에는 손같이 생긴 반점이 뚜렷하게 보였다. 에일머는 금속판을 홱 집어 들고 부식시키는 산이 들어 있는 항아리 속에 던져 넣었다.

그러나 그는 곧 이 굴욕적인 실패들을 잊어버렸다. 실험 중간중간에 그는 상기되고 피곤한 채로 그녀에게 다가왔으나 곧 그녀가 옆에 있음으로 해서 원기를 회복했다. 그는 자신의 기술들이 어디서 오는지에 대하여 열띤 목소리로 말했다. 그는 연금술사들이 신비를 연구해 온 장구한 역사에 대해서 설명했다. 그들은 보편 용액을 찾아내기 위해 오랜 세월 동안 실험해 왔다. 그들은 그 용액만 있으면 사악하고 천박한 것들로부터 황금을 끄집어내는 황금의 원칙을 수립할 수 있다고 믿었다. 에일머는 명백한 과학적 논리에 힘입어, 이 오래 추구되어 온 수단을 발견하는 것이 가능하다고 믿었다.

"하지만."

그는 덧붙여 말했다.

"깊이 천착하여 그런 연금술의 힘을 얻은 철학자는 동시에 높은 지혜를 얻게 되오. 그래서 그 힘을 사용하는 것을 체면에 맞지 않는 천박한 일이라고 생각하게 되지."

생명의 묘약에 대한 에일머의 의견도 그에 못지않게 특이했다. 생명을 수십 년 동안 혹은 영원히 연장시킬 수 있는 용액을 제조하는 것도 마음만 먹으면 얼마든지 가능한 것처럼 암시했다. 하지만 그 용액은 자연 속에 부조화를 일으켜, 온 세상(특히 그 불로장생의 용액을 마신 사람)이 그런 부조화를 저주하게 된다는 것이다.

"에일머, 진심이세요?"

조지아나는 놀람과 공포의 표정을 지으며 물었다.

"그런 힘을 소유한다는 건 끔찍한 일일 것 같아요. 아니, 그걸 소유하겠다고 생각하는 것조차도 오싹해요."

"아, 내 사랑, 떨지 말아요."

남편이 말했다.

"나는 우리의 삶에 그런 부조화를 일으켜 당신이나 나 자신을 그르칠 생각이 없소. 하지만 당신이 이걸 좀 알아주었으면 좋겠소. 이런 기술에 비해 볼 때 저 자그마한 손을 제거하는 수술은 일도 아니라는 거요."

반점을 언급하자 조지아나는 평소처럼 온몸이 쪼그라들었다. 마치 빨갛게 단 쇠가 그녀의 왼쪽 뺨을 건드린 것 같았다.

또다시 에일머는 연구에 몰두했다. 그녀는 멀리 떨어진 용광로실에서 남편이 아미나다브에게 지시를 내리는 소리를 들었다. 아미나다브가 거칠고, 조야하고, 찢어지는 소리로 대답하는 것이 들려왔는데 그것은 인간의 목소리라기보다 들짐승이 짖어 대는 소리와 비슷했다. 여러 시간 실험실에 가 있던 에일머가 다시 나타나 아내에게 화학 제품과 땅에서 나온 천연 보물들이 든 캐비닛을 한번 구경하라고 제안했다. 그는 화학 제품들 중에서 자그마한 병을 꺼내 그녀에게 보여 주면서 그 속에 든 내용물을 설명했다. 부드러우면서도 아주 강력한 향기를 풍기는 용액으로, 왕국 전체에서 불어오는 모든 산들바람에 향기를 임신시킬 수 있다고 했다. 그것은 측정할 수 없을 정도로 높은 가치를 가진 용액이었다. 그가 병의 용액을 살짝 방 안의 공기 중으로 뿌리자 날카로우면서도 상쾌한 느낌이 온 방 안에 가득 찼다.

"저건 뭐예요?"

조지아나가 황금빛의 액체가 든 자그마한 크리스털 구형을 가리키며 물었다.

"너무나 아름답게 보여서 생명의 영약인 것 같아요."

"어느 면에서는 그렇지."

에일머가 대답했다.

"아니야, 그보다는 불로장생의 영약이지. 이 세상에서 제조된 것 중에서 가장 값나가는 독약이야. 이것만 있으면 당신이 원하는 그 어떤 사람의 생명도 마음대로 줄이거나 늘일 수가 있다오. 약의 복용량에 따라서 여러 해를 더 살 수 있기도 하고, 아니면 갑자기 숨이 넘어가며 쓰러져 죽을 수도 있지. 경계가 삼엄한 옥좌에 앉은 왕도 그의 목숨을 부지할 수가 없소. 내 개인적 견해로는, 그의 목숨을 빼앗는 것이 수백만 명의 평화를 보장해 준다는 정당한 생각이 든다면 말이오."

"왜 그런 무서운 약을 갖고 계신 거예요?"

조지아나가 겁먹은 목소리로 물었다.

"사랑하는 이여, 나를 불신하지 말아요."

남편이 미소 지으며 말했다.

"이 약의 좋은 작용이 해로운 작용보다 훨씬 큰 효력을 발휘하기 때문이라오. 자, 이걸 봐요! 여기에 강력한 화장품이 있소. 이 물병 속에 든 용액을 떨어뜨리면 주근깨 따위는 손을 비누로 씻는 것처럼 사라져 버려요. 좀 더 세게 투약하면 뺨에서 피를 뽑아내어 홍안 미인도 창백한 유령이 되어 버려요."

"당신은 그 로션을 내 뺨에 바를 생각인가요?"

조지아나가 근심스럽게 물었다.

"아, 아니오."

남편이 황급히 대답했다.

"이건 그저 표면에만 사용하는 거요. 당신의 경우는 좀 더 깊숙이 들어가는 약제가 필요해요."

이처럼 조지아나와 대화를 나누면서 에일머는 그녀의 몸 상태에 대해서 자세히 물었고 방 안의 격리된 상태, 온도, 분위기 등이 그녀의 마음에 드는지 따위를 물었다. 질문은 특별한 의미를 가진 것이었고 그래서 조지아나는 자신이 이미 어떤 신체적 영향력 아래에 있다고 짐작하기 시작했다. 그 영향력은 방 안의 향기로운 공기를 들이마시는 데서 올 수도 있고 아니면 그녀가 섭취하는 음식에서 기인한 것일 수도 있었다. 그녀는 자신의 몸이 이미 그런 힘에 반응하고 동요한다고 생각했는데 그건 그녀의 상상일 수도 있고 아닐 수도 있었다. 낯설면서도 야릇한 감각이 그녀의 정맥 속으로 흘러들어 왔고, 절반은 고통스럽게, 절반은 짜릿하게 그녀의 가슴을 찔렀다. 그렇지만 그녀가 용기를 내어 거울을 쳐다볼 때마다 하얀 장미처럼 창백한 자신의 모습이 보였고 왼쪽 뺨의 진홍빛 반점은 더욱 선명하게 보였다. 이제 에일머조차도 그녀처럼 그 반점을 증오하지는 않았다.

남편이 약제를 만드는 데 몰두하며 실험 준비를 하는 동안, 조지아나는 따분함을 느꼈다. 그래서 권태를 물리치기 위하여 남편의 과학책들을 넘겨 보았다. 검고 오래된 책자들이 많이 있었는데 그녀는 로맨스와 시적 분위기가 넘치는 내용을 발견했다. 그 책들은 중세의 철학자들, 가령 알베르투스 마그누스, 코르넬리우스 아그리파, 파라셀수스, 로저 베이컨 등이 쓴 책들이었다. 이런 오래된 자연 철학자들은 그들의 시대보다 앞서갔고, 연금술을 너무나 확고하게 믿었다. 그리하여 이들은 자연의 탐구로부터 특별한 능력을 획득했다고 믿었고 그들 자신도 그렇게 상상했다. 자연을 제압한다든가, 물리학의 지식으로 정신세계를 통제하는 능력 등이 그것이다.

영국 왕립학회의 회의록들 중에서 초창기에 발간된 것들은 이런 학자들의 책 못지않게 기이하고 상상력 넘치는 것들이었다. 학회 회원들은 자연 탐구에는 제한이 거의 없다고 믿었기 때문에 지속적으로 경이로운 현상을 기록했고, 또 그런 경이를 만들어 내는 방법들을 제안했다.

하지만 조지아나가 볼 때 가장 흥미로운 책은 남편의 필체로 기록된 커다란 책이었다. 남편은 이 책에다 자신이 과학자로서 수행

했던 모든 실험들을 기록했다. 실험의 원래 목적, 그 목적을 달성하기 위해 채택한 방법, 그 성공과 실패, 성패를 가져온 주변 상황 등을 빠짐없이 적어 넣었다. 사실 이 책은 남편이 영위해 온 치열하고 상상력 풍부한 연구 생활에서 나아가 실험을 반복하는 고통스러운 생활의 역사이며 상징이었다. 그는 물리학적 현상들이 그저 구체적 현상일 뿐, 그 너머의 어떤 의미는 없는 것처럼 다루었다. 하지만 그런 사항들을 모두 학문 속의 추상적 요소로 환원함으로써, 무한을 바라보는 강력하고 적극적인 열망을 나타냈고, 그 결과 자신이 물질주의로 떨어지는 것을 막아 냈다. 그가 손을 대면 흙덩어리도 영혼을 갖게 되었다.

조지아나는 이 책을 읽으면서 에일너를 전보다 더 깊이 사랑하게 되었으나, 그의 판단력에 대해서는 지금껏 가져왔던 완전한 신임을 다소 유보하게 되었다. 그가 많은 업적을 이루기는 했으나, 남편의 가장 빛나는 성공이 실은 거의 예외 없이 '실패'라는 것을 주목하지 않을 수 없었다. 당초 남편이 목표로 잡았던 높은 이상과 비교해 보면 뭔가 부족하다는 느낌이 들었다. 저자에게 명성을 가져다준 업적으로 가득찬 이 책은 일찍이 그 어떤 인간도 써 본 적이 없는 우울한 실패의 기록이었다. 이 책은 물질과 정신의 혼합인 인간이 털어놓은 슬픈 고백이었고, 그런 혼합성이 안고 있는 단점들의 사례를 지속적으로 제시한 것이었다. 인간의 정신은 육체의 한계를 안고서 물질을 연구해야 하는데, 고귀한 정신은 자신이 물질에 의해 비참하게 좌절되고 만다는 것을 깨닫고 깊은 절망감을 느끼는 것이다. 어떤 분야에서 종사하든 모든 천재들은 에일머의 책에서 그들 자신이 겪었던 체험과 동일한 이미지를 발견하리라.

이 생각은 조지아나에게 깊은 충격을 주었고, 그녀는 펼쳐진 책 위에 고개를 파묻으며 눈물을 터트렸다. 그녀가 이렇게 울고 있을 때 남편이 다가왔다.

"마술사의 책들을 읽는 것은 위험해요."

그는 미소 지으며 말했지만, 불쾌하고 불안한 표정이었다.

"조지아나, 그 책에는 내가 슬쩍 보기만 해도 정신이 혼란해져 버리는 페이지들이 있어요. 그 책 때문에 당신의 정신이 혼란스럽게 되지 않도록 조심해야 하오."

"이 책을 보고서 전보다 더 당신을 존경하게 되었어요."

그녀가 말했다.

"아, 이 한 번의 성공을 기다려요."

그가 대답했다.

"그런 다음 얼마든지 나를 존경하도록 하구려. 성공을 거두면 나 자신도 그런 존경을 받을 만하다고 생각하게 될 거요. 자, 나는 당신의 아름다운 목소리를 듣기 위해 여기 왔소. 사랑하는 이여, 내게 노래를 불러 주어요."

그녀는 남편의 정신적 허기를 풀어 주기 위하여 아름다운 목소리로 맑은 물 같은 음악을 쏟아 냈다. 그는 소년처럼 즐겁고 쾌활해져 내실에서 다시 나가면서, 그녀의 격리 상황이 조금 더 지속될 것이나 실험 결과는 이미 확실해졌다고 안심시켰다. 그가 방을 나서자 조지아나는 그를 따라가고 싶은 강력한 충동을 느끼면서 자리에서 일어섰다. 지난 두세 시간 동안 그녀가 자각해 온 증상을 그에게 말해 주지 않았던 것이다. 저 운명적인 반점이 약간씩 따끔거렸다. 고통을 주지는 않았으나 그녀의 몸 전체에 불안감을 안겨 주었다. 황급히 남편을 쫓아가면서 그녀는 처음으로 실험실 안으로 들어갔다.

그녀의 눈에 제일 먼저 띈 것은 활활 타오르고 있는 용광로였다. 용광로 위에 내려앉은 수북한 검댕들로 보아 그 기구는 오랜 세월 불타온 것 같았다. 증류기도 백 퍼센트 가동되고 있었다. 실험실 주위에는 시험관과 기타 화학 연구 장비들이 가득했다. 전기 기구는 즉시 사용될 수 있도록 대기 중이었다. 방 안의 공기는 압박감을 느낄 정도로 밀도가 높았고 과학 실험 과정에서 뽑아져 나온 가스 냄새로 오염되어 있었다. 벽에는 아무런 장식도 없고 바닥은 벽돌로 처리되어 있어서 실험실은 삭막하면서도 단순한 분위기 때문에 다소 괴상한 느낌을 주었다. 조지아나는 내실의 환상

적이고 우아한 분위기에 익숙해져 있었기 때문에 더욱더 실험실이 무섭다고 느꼈다. 그러나 그 실험실은 관심의 대상이 아니었고, 그녀가 쳐다본 것은 에일머의 얼굴이었다.

그의 얼굴은 죽음처럼 창백했고 뭔가에 몰두하면서 불안한 표정으로 용광로 위에 고개를 숙이고 있었다. 마치 그의 관찰 여부에 따라 그 속에서 증류되는 액체의 효능—불멸의 행복이냐 한없는 비참함이냐—이 결말나는 것 같았다. 조지아나의 응원 노래를 듣고 낙관적이고 쾌활한 모습이 되었던 남편은 이제 전혀 다른 사람이 되어 있었다.

"자, 조심스럽게 다뤄, 아미나다브. 이 기계 같은 인간아, 조심하란 말이야. 조심해, 이 흙으로 만들어진 인간아!"

에일머는 조수에게보다는 자기 자신에게 말하는 것처럼 중얼거렸다.

"이봐, 생각이 너무 많거나 너무 적으면 모든 게 끝장이야."

"호호!"

아미나다브가 말했다.

"저길 보세요, 주인님, 저길!"

에일머는 황급히 고개를 들었다. 그는 조지아나를 쳐다보더니 처음에는 얼굴이 붉어졌고 이어 전보다 더 얼굴이 창백해졌다. 그가 아내에게 달려가 그녀의 팔을 세게 잡는 바람에 그녀의 팔뚝에는 그의 손가락 무늬가 선명하게 새겨졌다.

"왜 여기에 왔지? 당신 남편을 믿지 못하는 거요?"

그가 거칠게 소리쳤다.

"저 재수 없는 반점의 저주를 내 실험에 퍼부을 생각이요? 이렇게 하는 건 잘하는 짓이 아니야. 엿보는 여인이여, 가, 어서 가라고!"

"아니에요, 에일머."

조지아나가 침착하게 말했다. 침착성은 그녀의 타고난 인품이었다.

"당신은 비난할 권리가 없어요. 당신이 오히려 저를 불신했어요. 실험 상황을 관찰하면서 당신이 느꼈던 불안을 감추었어요. 여보, 나를 그리 가볍게 보지 말아요. 우리가 감당해야 할 위험을 모두 내게 말해 줘요. 내가 그런 위험 때문에 위축될 거라고 생각하지 말아요. 그 위험 중에 내가 감당해야 할 몫은 당신에 비해 훨씬 적으니까요."

"아니, 아니야, 조지아나!"

에일머가 초조한 목소리로 말했다.

"그럴 리가 있나."

"나는 순응하겠어요."

그녀가 침착하게 대답했다.

"에일머, 당신이 가져오는 용액은 뭐든지 다 마시겠어요. 설사 당신이 내게 독 사발을 안긴다 해도 나는 받아 마실 거예요."

"나의 고귀한 아내여."

에일머가 깊이 감동하며 말했다.

"나는 지금껏 당신이 얼마나 깊고 높은 인품을 가졌는지 알지 못했소. 나는 아무것도 감추지 않겠소. 저 진홍빛 손은 내가 전에 생각했던 것보다 훨씬 더 강력한 힘으로 당신의 존재를 꽉 붙잡고 있소. 그래서 당신의 신체 구조를 완전히 바꾸는 것을 제외하고, 꾀할 수 있는 변화는 모두 하도록 약제를 집어넣었어요. 이제 해야 할 게 딱 한 가지가 남아 있어요. 만약 이게 실패한다면 우리는 둘 다 망해 버리는 거요."

"왜 그걸 내게 말해 주지 않나요?"

그녀가 물었다.

"왜냐하면 조지아나……."

에일머가 낮은 목소리로 말했다.

"위험이 있기 때문이요."

"위험? 위험은 하나밖에 없어요. 이 끔찍한 낙인이 사라지지 않고 내 얼굴에 그대로 남아 있는 거지요!"

조지아나가 소리쳤다.

"이걸 없애 줘요. 없애 주세요. 그 대가가 무엇이든 간에. 안 그러면 우린 둘 다 미쳐 버릴 거예요!"

"그 말이 진심이라는 건 하늘도 알고 있소."

에일머가 슬프게 말했다.

"자, 사랑하는 이여, 이제 내실로 돌아가요. 잠시 뒤에 모든 실험이 끝날 거요."

그는 아내를 내실까지 인도했고 엄숙하고 부드러운 표정으로 그 방에서 나왔다. 그 표정은 그의 말보다 더 간절하게 이 실험이 얼마나 위험한지 보여 주었다. 남편이 방을 나간 후 조지아나는 기뻐하며 깊은 생각에 잠겼다. 그녀는 남편의 인품을 곰곰 생각했고 전보다 더 공정하게 그 인품을 평가했다. 그의 명예로운 사랑에 그녀의 마음은 전율하면서도 기뻐했다. 그 사랑은 너무나 순수하고 고귀하여 완벽이 아니면 받아들이지 않으려 했다.

에일머는 이 지상에서 물질적인 것도 얼마든지 완전하게 될 수 있는데, 그런 완전함에 못 미치는 물질적 성질에 만족하는 것은 비참함에 지나지 않는다고 여겼다. 그녀는 남편의 이런 감정이 아주 고귀한 것이라고 느꼈다. 반점은 불완전한 것인데도 그녀를 위해 일부러 그것을 받아들인다면 그런 감정은 천박한 것이다. 거룩한 사랑의 완벽한 이상을 불완전한 실제의 사랑 수준으로 타락시키는 것은 그 사랑을 배반하는 죄악 행위였다. 그녀는 온 생각을 모아 기도를 올리면서 남편의 높은 이상을 자신이 단 한순간만이라도 충족시켜 줄 수 있기를 빌었다. 하지만 그녀는 그런 충족이 오로지 한 순간에만 가능하고 그보다 더 길게 가지는 못한다는 것을 알았다. 남편의 정신은 계속 전진하면서 위로 올라가고 있었고, 어떤 순간에 그가 소망하는 완벽함이 충족되면, 곧바로 그 순간이 해 줄 수 있는 범위 이상의 것을 남편의 정신은 요구할 것이기 때문이다.

남편의 발걸음 소리가 그녀를 명상에서 깨웠다. 남편은 수정 잔을 들고 왔다. 그 안에는 물처럼 아무 색이 없었지만, 불로장생의 영약이 될 정도로 밝은 빛을 내는 용액이 들어 있었다. 에일머의 얼굴은 창백했다. 하지만 공포나 의심 때문에 그런 것은 아니고 집중하느라 긴장한 때문인 것 같았다.

"이 용액의 제조가 완벽하게 이루어졌소."

그가 조지아나의 질문하는 듯한 표정에 대답했다.

"나의 모든 과학적 지식이 나를 속이지 않는다면, 이건 실패할 수가 없소."

"사랑하는 에일머, 당신 때문이 아니라면……."

그의 아내가 말했다.

"나는 이런 용액을 마시는 방법보다는 나 스스로 목숨을 포기함으로써 이 죽음의 반점을 지워 버리고 싶어요. 나처럼 어중간한 정신적 성취를 이룬 사람들에게 목숨은 슬픈 소유물이지요. 내가 지금보다 정신이 더 허약하거나 맹목적이었다면 나는 행복을 느꼈을 거예요. 반대로 나의 정신이 지금보다 더 강인하다면 희망을 가지고 목숨을 견뎌 냈을 거예요. 하지만 나는 평범한 사람이다 보니 목숨을 포기하고 죽는 게 나은 듯해요."

"조지아나, 죽기는 왜 죽어? 당신은 죽음을 맛보지 않고도 천국에 갈 만한 사람이야."

남편이 말했다.

"근데 왜 우리가 죽음 얘기를 하는 거지? 이 용액은 실패할 수가 없어. 이 식물에 이 용액을 약간 뿌릴 테니 그 효과를 한번 보라고."

창문틀에는 병이 들어 노란 반점이 온 잎사귀에 퍼진 제라늄 화분이 있었다. 에일머는 그 용액을 약간 덜어 내어 화분의 흙에다 뿌렸다. 잠시 뒤 식물의 뿌리가 그 용액을 받아들였고, 보기 흉한 노란 반점들은 사라지고 그 자리에 싱싱한 초록이 자리 잡았다.

"증거는 필요 없어요."

조지아나가 조용히 말했다.

"내게 그 잔을 주어요. 난 기쁜 마음으로 당신의 말에 내 모든 것을 걸겠어요."

"그렇다면, 고귀한 아내여, 이걸 마셔요!"

에일머가 존경의 목소리로 외쳤다.

"당신의 정신에는 불완전한 오점이 없어요. 이제 당신의 신체도 곧 완전하게 될 거요."

그녀는 용액을 마셨고 잔을 남편 손에 돌려주었다.

"정말 고마워요."

그녀가 차분한 미소를 지으며 말했다.

"이건 천상의 샘물에서 나온 물 같아요. 뭔지 모르지만 아주 은은한 향기와 오묘한 맛이 이 안에 들어 있군요. 여러 날 동안 내 몸을 바싹 마르게 했던 저 불 같은 갈증을 완화시켜 주네요. 이제, 사랑하는 이여, 잠들게 해 주세요. 나의 물질적 감각이 내 정신을 조여 오는군요. 해 질 녘에 장미의 심장을 두르는 잎사귀들처럼."

그녀는 부드럽지만 힘겨운 목소리로 마지막 말을 했다. 그 희미하고 머뭇거리는 말들을 하는 데 그녀가 동원할 수 있는 것보다 더 많은 힘이 필요한 것 같았다. 그 말들이 그녀의 입을 통해 밖으로 나오자마자 그녀는 잠 속으로 떨어졌다. 에일머는 그녀의 침대 옆에 앉아서 그녀의 얼굴을 주시했다. 자신의 존재 가치가 이제 이 진행되는 실험에 달려 있는 사람답게 진지하게 기다리는 마음이 얼굴에 어려 있었다. 또한, 과학자다운 탐구의 자세도 보였다. 그는 조그마한 증상도 놓치지 않았다. 열이 올라 상기된 뺨, 약간 불규칙한 호흡, 눈꺼풀의 떨림, 신체를 훑고 지나가는 미세한 전율 등, 시간이 흘러가면서 나타나는 세부 사항들을 자신의 노트에다 기록했다. 그 노트의 앞부분 여러 페이지들에는 강렬한 생각들이 낙인처럼 찍혀 있었다. 하지만 수년 동안의 생각들은 펼쳐 놓은 최근의 페이지에 집중되어 있었다.

이렇게 기록하는 동안, 그는 운명적인 손을 내려다보지 않을 수 없었고 그때마다 전율하게 되었다. 그러다 딱 한 번 괴상하고 설명하기 어려운 충동에 사로잡혀 그는 자신의 입술을 반점에 갖다 대며 살짝 눌러 보았다. 하지만 그렇게 하다가 이내 움찔하며 뒤로 물러섰다. 조지아나는 깊은 잠 속에 떨어져 있으면서도 불안하게 뒤척이며 그 행위에 항의하듯 중얼거렸다.

또다시 에일머는 집중하여 반점을 관찰했고, 과연 실험은 성과가 있었다. 대리석같이 창백한 조지아나의 왼쪽 뺨에서 뚜렷이 보이던 진홍색 손은 이제 윤곽이 희미해졌다. 그녀는 전과 다름없이 창백했다. 하지만 반점은 그녀가 숨을 들이쉬고 내쉴 때마다 예전의 뚜렷한 형체를 잃어 갔다. 반점의 존재는 끔찍한 것이었으나 그것의 소멸은 더 끔찍한 것이었다. 하늘에서 사라져 가는 무지개의 얼룩을 살펴보라. 그러면 당신은 저 신비한 상징이 어떻게 사라졌는지 짐작할 수 있으리라.

"이런! 거의 다 사라졌군!"

에일머가 억누를 수 없는 환희를 느끼며 혼자 중얼거렸다.

"이제 흔적을 거의 알아볼 수 없어. 이제는 아주 희미한 장미색이 되었어. 뺨에 가벼운 홍조라도 떠오르면 아예 가려 버릴 수 있을 거야. 그런데 아내 얼굴이 정말 창백하네!"

그는 창문 커튼을 열어젖히며 햇빛이 방 안으로 들어와 그녀의 뺨에 머무르게 했다. 그때 그는 천박하게 껄껄거리는 웃음소리를 들었다. 그건 그가 잘 알고 있는 하인 아미나다브가 즐거움을 표시할 때 내지르는 소리였다.

"아, 이 흙덩어리, 물질 덩어리야!"

에일머가 광분하는 듯한 웃음을 터트리며 소리쳤다.

"나를 잘 도와주었다. 물질과 정신—지상과 천상—이 실험에서 제대로 역할을 해 주었어. 웃어라, 이 물질 덩어리야! 넌 웃을 권리를 얻었어."

이 외침이 조지아나의 잠을 흔들어 놓았다. 그녀는 서서히 눈을 뜨고서 남편이 한번 보라고 가져온 거울을 쳐다보았다. 거의 알아볼 수 없게 된 반점을 보자 희미한 미소가 그녀의 입가를 스쳐 지나갔다. 과거에 흉측할 정도로 뚜렷하게 보여서 그들의 모든 행복을 쫓아 버렸던 주홍빛 손이 아니었던가. 이어 그녀는 고뇌와 불안이 어린 눈빛으로 에일머의 얼굴을 찾았다. 그는 왜 아내의 눈빛이 그런지 이해하지 못했다.

"나의 불쌍한 에일머!"

그녀가 중얼거렸다.

"불쌍한? 아니야, 이제 가장 부자이고, 가장 행복하고, 가장 사랑받는 사람이 되었어."

그가 소리쳤다.

"더할 나위 없는 나의 아내여, 실험은 성공이야! 당신은 완벽해졌어!"

"나의 불쌍한 에일머!"

아주 부드러운 목소리로 그녀가 말했다.

"당신은 높은 목표를 세웠어요. 당신은 고귀하게 행동했어요. 그처럼 높고 순수한 감정 때문에 이 세상이 제공할 수 있는 가장 좋은 것을 거부한 걸 후회하지 마세요. 에일머, 나의 사랑, 나는 이제 죽어 가고 있어요!"

슬프다! 그것은 가슴 아프게도 사실이었다! 저 치명적인 손은 생명의 신비를 움켜잡고 있었으나, 동시에 천사 같은 정신과 썩어 없어질 육체를 연결시켜 주는 연결 고리였다. 반점의 마지막 주홍색—인간이 불완전하다는 것을 알려 주는 유일한 표시—이 뺨에서 사라지면서, 완벽하게 된 여자의 마지막 숨결이 공기 중으로 흩어졌다. 그녀의 영혼은 남편 곁에 잠시 머무르더니 천상을 향해 날아갔다. 이어 천박하게 껄껄거리는 웃음소리가 다시 들려왔다! 이렇게 하여 조야하고 썩어 없어질 물질이 죽지 않는 본질을 상대로 승리를 거두고서 기뻐했다. 본질 쪽에서 보자면 절반만 발달한 이 어두운 영역에서, 본질은 인간의 정신이 더 높은 상태로 도약하여 완전무결함을 얻을 것을 요구하지만 불가능한 것이다. 하지만 에일머가 더 심오한 지혜에 도달했더라면, 그는 지상의 행복을 그처럼 거부하지는 않았을 것이다. 따지고 보면 그 행복은 지상의 유한한 생활을 천상의 무한한 생활에 연결시켜 주는 튼튼한 동아줄인 것이다. 현재의 순간적 상황이 너무 강력하여 그는 그것을 견뎌 내지 못했다. 그는 시간의 그림자 같은 테두리 너머를 바라보지 못했다. 지상에서 완전무결함을 추구하고 지상의 시간을 마치 영원처럼 살려고 함으로써, 그는 현재에서 완벽한 미래를 발견할 길이 없게 되었다.

작품 해설

너새니얼 호손의 『큰 바위 얼굴』

이종인

미국 문학은 1850년대를 전후하여 일련의 탁월한 작가들에 의해 비로소 영국 문학으로부터 독립하게 되었다. 시인으로는 월트 휘트먼과 헨리 롱펠로가 있고, 소설가로는 활동 시기순으로 에드거 앨런 포, 너새니얼 호손, 허먼 멜빌이 있는데, 특히 이 세 사람은 19세기 후반의 미국 문학을 대표하는 작가들이다.

작가의 생애

너새니얼 호손은 1804년 7월 4일 매사추세츠주의 세일럼에서 태어났다. 선장이었던 아버지는 작가가 네 살이던 1808년 항해 도중 사망했다. 어머니 엘리자베스 호손은 1남 2녀를 데리고 친정 오빠 로버트 매닝의 집으로 들어가 살았다. 어린 시절 외롭게 성장한 호손은 유난히 책 읽기를 좋아했다. 1819년 세일럼으로 돌아왔고,

1821년 17세 때 보든 대학교에 입학한다. 이때 시인 롱펠로와 후에 미국 대통령이 된 프랭클린 피어스와 함께 대학을 다녔다.

호손은 대학 졸업 후 세일럼으로 돌아와 1825년부터 1837년까지 창작에 몰두했다. 그는 미국의 과거, 특히 식민지 시대와 청교도주의자들(퓨리턴)에 대하여 관심이 많았는데 집안의 내력도 영향을 미쳤다. 호손 가문의 1대조 윌리엄 호손(1607~1681)은 세일럼 민병대의 소령으로 근무했고 이어 행정 장관에 올랐다. 청교도주의자 윌리엄은 이단적인 퀘이커 여신도 앤 콜먼에게 매질을 가하고 마을에서 추방시켰다. 2대조 존 호손은 1692년의 악명 높은 마녀재판을 담당한 세 재판관 중 한 명으로, 열아홉 명의 무고한 여자를 교수형에 처했다. 그중 한 마녀는 호손 판사를 저주하며 "하느님은 당신에게 피의 소나기를 내려 실컷 피를 마시게 하시리라!"라고 외쳤다.

1828년에 호손은 『팬쇼』라는 장편 소설을 자비 출판했으나 모두 수거하여 불태워 버렸다. 그 후 1837년 3월, 그동안 잡지나 기타 간행물에 발표한 단편들을 모아 『두 번 말해진 이야기들』을 발간했다. 이 제목은 셰익스피어의 희곡 『존 왕』 3막 4장에 나오는 대사, "인생은 두 번 말해진 이야기들처럼 따분하고 졸린 사람의 무거운 귀를 짜증 나게 찔러 댄다"에서 따온 것이다. 이 단편집은 시인 롱펠로, 소설가 에드거 앨런 포의 호평을 받았다. 호손은 이 시기에 장래 아내가 될 소피아 피바디를 만났다. 이 여성을 깊이 사랑하여 그녀 덕분에 자신이 그림자의 삶에서 해방되어 따뜻한 사랑을 알게 되었다고 말했다.

호손은 피바디와 결혼을 결심하면서 보스턴 세관의 계량사로 취직하여 1840년까지 근무했다. 피바디를 통하여 에머슨과 소로 등 초절주의자[+] 그룹을 만났고, 초절주의자의 이상적 공동체인 '브룩 농장'에 투자하고 거주할 계획도 세웠다. 그러나 절대 고독이 필요한 소설가의 삶에 공동체 생활은 어울리지 않는다는 것을 깨닫고 포기한다. 게다가 그는 초절주의 사상의 창시자인 에머슨과는 그리 친하지 않았다.

호손은 1842년 7월 피바디와 결혼하고 콩코드의 올드 망스(옛 목사관)에 정착했다. 이곳에서 단편집 『옛 목사관의 이끼』(1846)에 들어갈 단편들을 썼다. 그러나 생계 때문에 1846년에 세일럼 세관의 검사관으로 취직했다. 민주당 추천으로 이 자리에 들어간 호손은 1849년 6월 반대 당인 휘그당이 집권하자 사직했다. 이때부터 창작에 몰두하여 1850년 대표작인 『주홍 글씨』를 집필했다. 그 후 1853년까지 왕성한 창작 활동을 했으며, 1851년에는 장편 소설 『일곱 박공의 집』을 발표했다. 1852년에는 브룩 농장의 체험을 바

[+] **초절주의자**: 19세기 미국의 낭만주의 운동가. 초절주의는 선험주의, 초월주의라고도 번역된다.

탕으로 한 장편 소설 『블라이드데일 로맨스』를 집필했다.

대학 동창 피어스는 대통령에 당선되자 호손을 리버풀 미국 영사로 임명했고, 호손은 1853~57년까지 그곳에서 근무하고, 그 후 2년간 이탈리아에 거주했다. 그는 이 시기에 네 번째 장편 소설 『대리석 목양신』(1860)을 썼다. 1860년 미국으로 귀국한 후, 건강이 급격히 나빠져서 창작에 손을 대기는 했으나 완성을 한 것은 없었다. 그는 1864년 5월, 프랭클린 피어스와 함께 뉴햄프셔주로 여행을 떠났다가 잠자는 도중에 여관에서 사망했다.

문학 세계

미국 문학의 흐름을 설명하는 개념으로 아메리칸 아담의 신화가 있다. 이 신화는 신대륙을 개척하는 미국을 인류의 새로운 에덴동산으로, 미국인을 성경에 나오는 아담으로 간주한다. 그리하여 미국인은 정직하고, 예의 바르며, 진실을 사랑한다고 생각한다. 그러나 이 신화를 부정하는 경향도 있었는데, 그 흐름의 대표적 소설가가 너새니얼 호손이다.

호손의 『주홍 글씨』에서는 아메리칸 아담을 찾아보기 어렵고, 『일곱 박공의 집』에서는 죄악을 저지른 조상의 과거가 파헤쳐진다. 월트 휘트먼, 허먼 멜빌, 마크 트웨인, 어니스트 헤밍웨이가 아메리칸 아담의 신화를 지지하는 작가라면, 너새니얼 호손, 스콧피

츠제럴드, 윌리엄 포크너로 이어지는 계열은 그 신화를 부정하며 보다 심층적인 미국의 정체성을 파악하려 한다.

호손의 대표작이라고 하면, 두 편의 장편 소설 『주홍 글씨』와 『일곱 박공의 집』과 이 책에 수록한 다섯 편의 단편을 들 수 있다. 호손은 이 두 권의 장편 소설들을 쓰기 전에 단편 소설로 문학 수업을 완성했다. 전형과 전망을 제시하고 물질과 영혼의 대립적 명제를 종합하는 솜씨는 단편 소설을 쓰면서 성취된 것이고, 이런 내공 덕분에 나중에 대작 장편을 쓸 수 있었다. 그러면 두 장편 소설을 먼저 살펴보자.

『주홍 글씨』는 간통죄를 선고받고 가슴에 'A(간통을 의미)'라는 주홍 글씨를 달고 다니는 헤스터 프린의 이야기이다. 간통의 상대인 아더 딤스데일 목사는 자신의 죄악을 고백하지 않는다. 헤스터의 남편 칠링워스는 목사가 죄인이라는 사실을 알고 무자비한 정신적 고문을 가한다. 한편 헤스터와 딤스데일 목사 사이에서 태어난 펄은 건강하고 야성적인 아이로 자라난다. 헤스터와 딤스데일 목사는 칠링워스의 고문을 더 이상 견뎌 내지 못하고, 새 지사의 선거를 축하하는 날, 딤스데일 목사는 자신이 헤스터의 애인이며 펄의 아버지라는 것을 고백한다. 그러면서 자신의 상의를 뜯어서 헤스터의 A와 나란히 그의 가슴에 새겨진 A를 드러내 보인다. 그리고 목사는 쓰러져 죽음을 맞는다. 칠링워스 또한 얼마 후 사망하면서 상당한 유산을 펄에게 남긴다. 헤스터는 그 후 선행을 계속하다가 사망하여 딤스데일 목사의 곁에 묻히고 묘비에는 A자가 새겨진다. 펄은 잘 자라나 행복하게 결혼한다.

『주홍 글씨』는 죄악을 저지르고 가슴에 A자를 달고 살아가는 사람, 죄를 숨기며 고통스럽게 살아가는 사람, 정의를 추구한다면서 실은 악마 짓을 하는 사람 들에 관한 이야기다. 소설은 이 세 사람 사이에서 벌어지는 죄의식과 구원의 문제를 다루지만, 그 갈등이 세 사람 사이에서 해결되는 것이 아니라 어린 딸 펄이 성장하여 훌륭한 인물이 되는 것으로써 해소된다. 이처럼 호손은 죄악과 죄책감이라는 주제를 깊이 탐구했다.

또한 그는 자신의 소설을 기기거 장편 소설이 아니라 로맨스라는 말을 했다. 둘의 차이점을 살펴보면, 장편 소설은 높은 사실성을 갖고 있고 또 현실과 아주 비슷한 세계를 제시한다. 등장인물들은 보통 사람들과 똑같이 행동한다. 이와는 대조적으로 로맨스는 비현실적인 리얼리티, 양식화된 캐릭터, 과장된 행동, 개연성이 없는 사건이나 결과를 다룬다. 이런 로맨스의 측면은 이미 단편 소설에서 발견된다. 젊은 굿맨 브라운이 밤중에 마귀 파티에 간다거나, 목사가 검은 베일을 쓰고 있다거나, 남편이 아내의 반점을 없애려고 하다가 아내를 죽게 만드는 상황이 그러하다.

하지만 호손의 소설은 잘 짜여진 구조, 도덕적 통찰, 알레고리의 세 가지 특징을 가지고 있다. 잘 짜여진 구조는 죄악의 문제를 기승전결이 뚜렷한 이야기로 다룬다는 뜻이고, 도덕적 통찰은 죄악의 실상을 깊이 있게 파헤친다는 뜻이며, 알레고리는 이야기에 신비한 분위기가 감돈다는 뜻이다.

호손은 「목사의 검은 베일」에 하나의 우화라는 부제를 붙이고 있는데 이 우화가 실은 알레고리다. 알레고리는 표면에 드러난 것 이외의 다른 의미를 갖고 있는 상징적 이야기다. 알레고리의 등장인물은 개별적 개성을 갖는 것이 아니라 도덕적 특성이나 기타 추상적 개념을 구체화한다. 알레고리는 우화, 상징, 비유와 밀접한 관계를 갖고 있는데, 이 삼자 관계는 간략히 설명하면 이러하다. 가령 '너는 나의 별'이라고 하면 비유다. 그러나 '너'를 빼 버리고 '나의 별'이라고 하면 상징이 된다. 다시 나의 별에서 '나의'를 빼 버리고 별만 사용하되, 별을 의인화하여 그 별이 사람처럼 행동하는 스토리를 서술하면 알레고리가 된다.

이 책에 수록된 작품들

「목사의 검은 베일」

이 작품을 읽는 독자는 "에이, 이런 목사가 어디 있어?" 하고 의심을 품을지 모른다. 그런 의심을 제거하기 위하여 호손은 일부러 그런 사람이 실제로 있었다는 노트를 달면서 이 소설을 시작한다. 우리가 알레고리를 읽을 때 가져야 할 마음가짐은 '불신의 정지'이다. 도대체 믿어지지 않는 일이지만, 그런 불신을 정지시키고 "어디, 그렇다 치고 한번 얘기나 들어나 보자" 하는 마음을 가지는 것이 중요하다.

그런 마음을 가지고 이 소설을 읽었을 때, 우리가 제일 먼저 질문하게 되는 것은 "목사는 왜 한평생 검은 베일을 쓰고 다녔을까?"라는 의문이다. 그는 무슨 메시지를 전달하려고 베일을 한평생 고수했는지, 그것을 알아내는 것이 독자의 일차적 목표다. 베일은 주로 얼굴을 감추는 것이고, '검은'이라는 형용사는 그 감추고 싶은 것이 나쁘거나 수치스러운 어떤 것임을 암시한다.

소설의 끝부분, 목사가 죽어 갈 때 이웃 목사는 "시간을 영원으로부터 차단하는 이 베일"이라는 표현을 한다. 이 말은 베일을 이해하는 중요한 단서가 된다. 신약성경 고린도 전서 13장 12절에는 "우리가 지금은 거울에 비친 모습처럼 어렴풋이 보지만 그때에는 (하느님의) 얼굴과 (우리의) 얼굴을 마주 볼 것입니다"라는 말이 나오는데, 이 베일은 곧 이 거울과 같은 것이다. 다시 말해 베일은 시간과 영원, 물질과 정신, 짐승과 천사, 죄인과 의인을 갈라놓는 베일이다. 그러나 목사는 동전의 양면 중 시간, 물질, 짐승, 죄인 등 나쁘고 열등한 면만을 강조한다. 목사는 결코 그 모순되는 두 가지를 조화시키지 못한다고 생각했기 때문에 한평생 검은 베일을 쓰고 살았다. 자신이 목사로서 아무리 노력해도 순결한 천사는 되지 못한다고 절망하고 있는 것이다.

「결혼식장의 장례 종소리」

이 소설은 위에서 말한 두 가지 상호 대립되는 것들을 결혼과 장례라는 정반대 사건들로 대비시키면서도 위의 두 작품과는 다르게 빛이 비쳐 오는 전망을 제시한다. 훌륭한 소설은 '전형'과 '전망'이라는 두 마리 토끼를 동시에 잡는다. 「젊은 굿맨 브라운」은 죄악으로 괴로워하는 모든 인간이라는 하나의 '전형'을 제시했다는 점에서 아주 탁월하게 성공한 작품이다. 그러나 "죄악감에 사로잡혀 있는 사람은 그것을 어떻게 극복해야 하는가"라는 '전망'의 측면에서 보면 해답이 제시되지 않는다고 할 수 있다.

반면에 「결혼식장의 장례 종소리」에 신랑 신부로 나오는 엘렌우드 씨와 대브니 부인은 시간과 영원의 대립을 해소시키는 어떤 깨달음을 제시한다. 비록 65세의 만혼이지만, 그들은 시간을 위해 결혼한 것이 아니라 영원을 위해 결혼한 것이라고 생각한다. 우리 인간은 물질(시간)과 정신(영원)이 혼합되어 있는 존재다. 하지만 많은 사람들은 인간의 몸이 곧 삶이라고 여기면서 그 몸이 끝나면 삶도 끝난다고 생각한다. 하지만 생각을 전환하면 그 반대가 진실이 된다. 우리는 모두 정신적 존재(영혼)인데, 단지 일시적으로 인간의 몸을 입고 있을 뿐이다. 이렇게 생각하면 물질(시간)은 곧 정신(영원)으로 나아가는 길이 된다. 이 만혼의 부부는 그것을 깨달은 사람들이다.

「큰 바위 얼굴」

이 작품은 과거 교과서에 실릴 정도로 우리나라 독자들에게 잘 알려진 단편이다. "이 세상에서 위대한 인물은 어떤 사람일까?" 라는 주제를 상인, 군인, 정치가, 시인 등을 하나씩 제시하여 검토한다. 돈을 많이 번 사람, 전쟁에서 승리한 사람, 높은 지위에 올라간 사람은 물질적으로 성공한 사람이다. 만면에 시인은 인간의 높은 정신을 찬양하고 노래한 사람이다. 물질적으로 부유해도 정신이 빈약하면 큰 바위 얼굴이 되지 못하고, 정신적 감수성이 뛰어나도 그것을 실천하지 못하면 큰 바위 얼굴이 되지 못한다.

어니스트는 어떻게 하여 큰 바위 얼굴이 되었을까?

우리는 먼저 큰 바위 얼굴이 어떻게 묘사되어 있는지 주목해야 한다. 큰 바위 얼굴은 장엄하고 인자하며 늘 웃고 있는 모습이다. 어니스트는 자연을 사랑하고, 이웃을 사랑하며, 그가 하루 살아 있음으로 해서 세상이 그만큼 더 좋아지고 사랑스럽게 되도록 하는 인물이다. 여기서 우리는 큰 바위 얼굴이 곧 사랑의 알레고리임을 알 수 있다. 큰 바위 얼굴의 메시지는 아무리 세속적으로 훌륭한 인물이더라도 "그에게 사랑이 없으면 그는 아무것도 아니다"라는 것이다.

왜 사랑인가.

물질과 정신을 조화시킬 수 있는 힘은 사랑밖에 없으며, 이 사랑 때문에 이 세상 만물이 만들어졌고, 이 우주가 아름다운 곳이 되기 때문이다. 이에 비해 굿맨 브라운이나 검은 베일의 목사나 과학자는 이 작품 속의 상인, 군인, 정치가처럼 사랑이 없는 사람이다. 아니, 아직 사랑이 무엇인지 정확하게 모르는 사람이다. 우리가 「큰 바위 얼굴」을 읽고 깊은 감동을 받는 것은 사랑의 은밀한 작용을 느끼기 때문이다. 사랑에 대한 우리의 동경이 아직도 우리의 내면에 소중히 간직되어 있음을 확인하는 것이다.

좋은 이미지를 자주 생각하면 그것이 곧 그 사람의 일부가 된다. 어니스트는 어린 시절부터 큰 바위 얼굴을 닮은 사람을 기다리며 스스로의 삶을 자신도 모르는 사이 큰 바위 얼굴에 비추며 성장했다. 이상적인 인간을 기다리며 매일매일 자신을 성찰했기에 그 자신이 큰 바위 얼굴이 보여 주는 지향점에 도달할 수 있었던 것이다. 어린 날부터 이 큰 바위 얼굴의 이미지를 가슴에 품으며 성장한 사람은 그렇지 못한 사람과는 다르게 물질과 정신의 조화를 이루어, 이 세상 모든 것을 사랑하는 온전한 인간으로 성숙할 수 있었던 것이다.

「젊은 굿맨 브라운」

이 소설은 1600년대에 매사추세츠주의 세일럼 마을에서 벌어진 사건을 기술하고 있다. 굿맨은 젠틀맨보다 하층 계급의 사람들을 일컫는 호칭으로서, 여기서는 '모든 사람'의 뜻으로 사용되었다. 굿맨 브라운은 페이스(아내의 이름이면서 신앙의 상징)와 결혼한 지 3개월이 되는 어느 날 밤 숲속의 마귀 파티에 참석하러 간다. 이 파티에 참석한 굿맨 브라운은 평소 거룩한 줄 알았던 마을의 목사나 집사가 모두 마귀 파티에 참석하여 즐거워하는 모습을 보고 충격을 받는다. 새벽이 되어 미을로 돌아온 굿맨 브라운은 신앙에 대한 믿음이 완전히 사라져 버리고 평생 동안 사람들을 의심하며 살아간다.

이 소설은 숲속의 마귀 파티가 실제로 벌어진 일인지 아니면 굿맨 브라운의 꿈속에서 벌어진 일인지 불분명하게 처리한다. 하지만 그것은 그리 중요하지 않다. 굿맨 브라운, 페이스, 그녀의 분홍색 리본이 모두 알레고리이기 때문이다. 굿맨 브라운은 청교도의 위선을 고발하지만, 동시에 인간의 선과 악에 대한 이중적 태도를 비난한다. 사람은 누구나 자신이 악이면서도 선이라고 생각하고, 정반대로 선하면서도 악일지도 모른다고 생각하는 경향이 있다.

이렇기 때문에 브라운은 인간 중에 마귀의 사악함을 동경하면서 숲속의 마귀 파티에 다녀오지 않았거나 꿈꿔 보지 않은 사람이 과연 있겠는가 의심한다.

비록 굿맨 브라운이 진실한 인간상의 한 단면을 보여 주지만, 우리는 그에게서 깊은 어둠을 볼 뿐 빛은 어디에서도 오지 않는 갑갑함을 느낀다. 호손은 독자에게 빛을 보여 줄 생각은 없는 것일까?

「반점」

이 작품은 인간의 이중적 측면을 반점이라는 알레고리를 통하여 탁월하게 구체화한 소설이다. 인간은 누구나 불완전하게 태어난다. 인간은 정신과 물질이 합쳐져서 이루어진 혼합적 존재다. 아주 어릴 때에는 물질이 우세하여 자신의 존재에 대하여 아무런 의문이 없지만, 나중에 커서 도덕과 철학을 알게 되면 자신의 불완전한 점이 자꾸 눈에 띄게 된다. 다시 말해 자신의 정신이 시키는 바를 몸은 따르지 않는 것이다.

고대 로마의 시인 오비디우스는 『변신 이야기』라는 작품에서 "내 정신은 좋은 것을 하고자 하나 내 육신은 그것을 따르지 못한다"라고 지적했다. 그러면서 육신의 욕정이 곧 사람을 짐승으로 변신시킨다고 진단했다. 이런 인간의 불완전한 점을 이 작품은 반점으로 상징하고 있다.

이렇게 볼 때 굿맨 브라운, 검은 베일을 쓴 목사, 반점의 과학자는 물질과 정신을 조화시키지 못한 불행한 사람들이다. 호손은 이 점을 잘 의식하고 있었다. 그래서 호손은 「큰 바위 얼굴」을 통해 불완전함을 극복한 이상적인 인간상을 추구했고, 주인공의 성장을 통해 그 성취를 이루어 낸 것이다.

너새니얼 호손 연보

1804년   7월 4일 미국 매사추세츠주 세일럼 유니온 스트리트 27번지에서 출생. 위로 누나 엘리자베스, 아래로 여동생 루이스가 있음.

1808년   선장인 부친 너새니얼 호손이 황열병에 걸려 수리남에서 사망.

1809년   어머니 엘리자베스 호손이 가족을 데리고 세일럼에 있는 친정 오빠 로버트 매닝의 집으로 옮김.

1813년   11월 학교에서 공을 던지다가 발을 다쳐 3년간 외출을 못 하고 학교를 쉼. 이때 고전을 많이 읽음. 15세에 세일럼 학교로 복귀.

1821년   10월 메인 주 브런즈윅에 있는 보든 대학교에 입학. 동창으로 시인 헨리 롱펠로, 후일 미국 대통령이 되는 프랭클린 피어스 등이 있었음.

1825년   보든 대학교 졸업. 성적은 38명 중 18등. 세일럼에 살고 있던 어머니에게로 돌아감. 이때부터 12년간 취직도 하지 않고 창작에 몰두한다.

1828년   첫 장편 소설 『팬쇼』를 자비 출판했으나, 미숙한 작품이라고 판단하여 전량 회수하여 파기함. 그러나 이 소설이 새뮤얼 굿리치의 눈에 띄어 그가 발간하는 연간 문예지 「더 토큰」에 익명으로 22편의 단편을 발표하게 됨.

1835년	「뉴 잉글랜드 매거진」이라는 잡지에 「젊은 굿맨 브라운」 발표.
1836년	「더 토큰」 지에 「목사의 검은 베일」과 「결혼식장의 장례 종소리」 발표. 특별한 수입이 없이 원고료만으로 살아야 했기 때문에 생활은 궁핍했다.
1837년	단편집 『두 번 말해진 이야기들』 발간.
1839년	보스턴 세관의 계량사로 취직하여 2년간 근무.
1842년	7월 소피아 피바디와 결혼.
1843년	「파이어니어」 지에 「반점」 발표.
1844년	3월 장녀 유나 출생.
1846년	민주당의 지원으로 세일럼 세관의 수입품 검사관으로 취직함. 장남 줄리언 태어남.
1849년	휘그당이 정권을 잡으면서 세관 검사관 직에서 물러남. 7월 31일 어머니 사망.
1850년	장편 소설 『주홍 글씨』 간행. 대호평을 받아 열흘 만에 초판이 매진됨. 「내셔널 이어러」 지에 「큰 바위 얼굴」 발표. 허먼 멜빌과 만나 친구가 되고 멜빌은 『모비딕』을 호손에게 헌정한다.
1851년	4월 장편 소설 『일곱 박공의 집』 간행. 5월 차녀 로즈 출생.

1852년 대통령 선거에 나선 대학 동창 프랭클린 피어스의 선거 지원을 위해 그의 전기를 집필하여 9월 간행.

1853년 피어스 대통령에 의해 영국 리버풀 영사로 임명되어 이후 4년간 근무.

1858년 제임스 뷰캐넌 대통령 정부가 들어서자 영사직을 그만두고 2년간 이탈리아에서 거주.

1860년 장편 소설 『대리석 목양신』을 간행. 미국으로 돌아와 콘코드에 정착.

1863년 이즈음부터 건강이 좋지 않아 집필을 하지 못함.

1864년 5월 19일 프랭클린 피어스와 여행 중 뉴햄프셔주 플리머스의 한 여관에서 객사.